刑事
花房京子

Police Detective
Hanabusa Kyoko

絶対聖域

香納諒一

Kanou Ryouichi

光文社

刑事花房京子

絶対聖域

目次

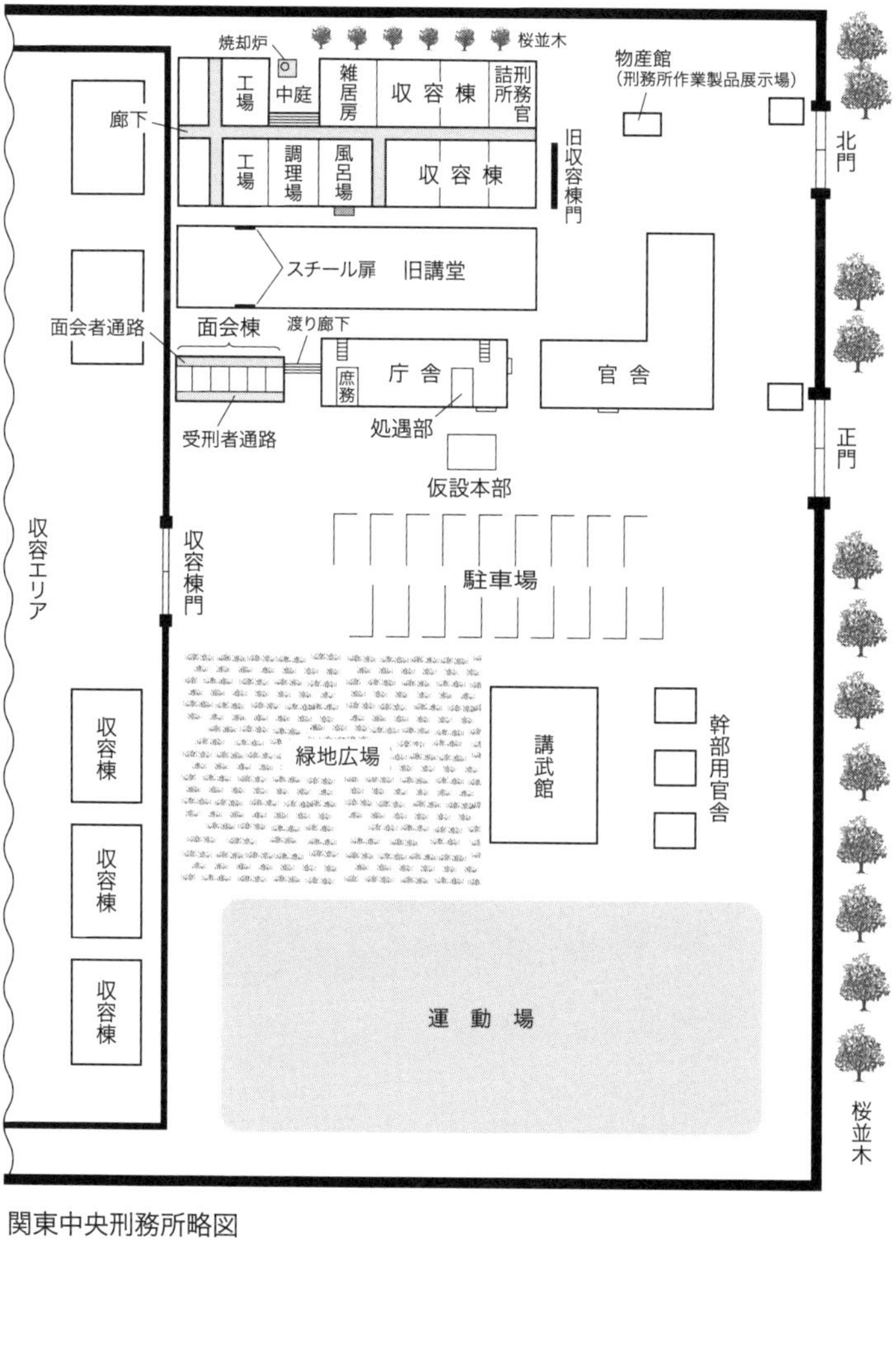
焼却炉
桜並木
物産館
(刑務所作業製品展示場)
工場
中庭
雑居房
収容棟
詰刑務官
廊下
工場
調理場
風呂場
収容棟
旧収容棟門
北門
スチール扉
旧講堂
面会者通路
面会棟
渡り廊下
庶務
庁舎
官舎
受刑者通路
処遇部
正門
仮設本部
収容エリア
収容棟門
駐車場
緑地広場
講武館
幹部用官舎
収容棟
収容棟
収容棟
運動場
桜並木

関東中央刑務所略図

装幀　泉沢光雄
装画　大野博美
図版作成　デザイン・プレイス・デマンド

一章　決行

1

東京の中心部では既《すで》に桜は散り始めているが、北寄りの町にあるこの《関東中央《かんとうちゅうおう》刑務所》では、正門周辺などに植えられた桜がちょうど満開だった。

正門前を走る幹線道路沿いの歩道にも、かなりの距離にわたって桜並木がつづいている。淡いピンク色をした小さな花びらが無数に広がり、折り重なり、空気に溶け出しているみたいに見えた。

幹線道路を走って来たバスが一台、その桜並木沿いのバス停に停《と》まった。バス停で待つ者はなかったので、降車用のドアのみが開き、そこからかなりの数の人間が次々に降りて来た。

ここは市街地の外れで、最寄駅からもバスで二十分ほどかかる。周囲に住宅も少ないため、普段は人通りの少ない並木通りは、今日ばかりは大勢の歩行者で賑《にぎ》わっていた。

この関東中央刑務所の背後には、奥多摩《おくたま》を水源とする一級河川が流れている。今週はそこの土手や河川敷の桜も満開で、《桜まつり》が開催中だ。その桜まつりの駐車場に駐《と》めた車からも、この刑務所を目指す人の列があった。

今日はこの関東中央刑務所が、一般に開放されるオープンデイなのだ。

警視庁捜査一課の係長である綿貫良平《わたぬきりようへい》も、ちょっと前に河川敷の臨時駐車場に愛車を入れ、そこから歩いて来たところだった。今の彼は仕事中のようにネクタイはしていなかったものの、胸元のボタンを外したワイシャツの上にジャケットを羽織っていた。多くの中年たちと同様に、この男もまた特に自分のお気に入りのファッションなどなく、休日も仕事のやや延長ぐらいの格好でいるほうが落ち着くのだ。

刑務所の正門が近づくと、綿貫は人の流れを避けて道の端に立つのっぽの若い女を見つけた。ショートヘアーで背の高い若い女性が、植え込みの傍《そば》に立って周囲をきょろきょろしていた。くるぶしが見えるぐらいの長さのデニムにスニーカー、軽くフリルのついた薄い色のブラウスを着ている。向こうでも綿貫に気づき、嬉《うれ》しそうに片手を上げて近づいて来た。

その姿に、綿貫は微笑《ほほえ》んだ。

彼女は警視庁捜査一課の猛者《もさ》たちの間で密《ひそ》かに、「のっぽのバンビ」と呼ばれていた。それもさもありなんと思わせるような、軽やかで伸びやかな動きで近づいて来るのだ。

飾り気のないショートヘアーが、人の流れに逆らって歩道の端っこを進む彼女の動きに合わせて揺れる。

職場で会うときはいつも特徴に乏しいパンツスーツ姿で、ハデなシャツ一枚着ているのを見たことがなかった。女性警察官の中にも私服に着替えた途端、ファッション雑誌から飛び出してきたような印象に変わる者もいるが、半ば予想した通り、この部下は普段からあまりファッションには気を遣わないほうらしい。

三十になったばかりのはずだが、こうした格好でいるとまだどことなく学生っぽい感じがするのは、学生時代と比べて着るものがそれほど変わっていないためかもしれない。

綿貫には、女性にどういった服が似合うのかといった判断などできなかったが、デニムにスニーカーというこうしたラフな格好が、いかにもこの部下らしい気がした。

「すまんな、待たせたか？」

腕時計で改めて時間を確認しながら詫《わ》びる綿貫の前で、花房京子《はなぶさきょうこ》はにこっと微笑んだ。

「いいえ、まだ待ち合わせ時間前です。私が早く着き過ぎただけですよ」

「うむ、そうか」

と応じつつ、改めて服装を眺めていたら、それに気づかれたらしい。

「何ですか、係長。人のことをじろじろ見たりして」

「プライベートで会ってるときは、その『係長』はよせよ」

「すみません、いつもの癖で。で、何です？　人をじろじろ見たりして——」

「いや、おまえもそういう格好をしていると、普通の若い娘だと思ってな」

「それってセクハラですよ」

「そうかな……？　今は普通の娘って言っちゃダメなのか……？」

花房京子は何か言い返そうとしたらしいが、困惑顔の綿貫を見て、その言葉を呑《の》み込んだ。

「綿貫さん、部下が私でよかったですね」

「うむ。そうか……」

「のっぽのバンビ」のあだ名で茶化してやろうかと思いかけて、やめた。それもまたセクハラになるのだろうか……。こういうことをいちいち考えなければならないとは、なんとも面倒な世の中になったものだ。猛者連中を束ねているほうが、よっぽど楽だ。

だが、この花房京子は、いざ殺人事件の捜査となると、そういった猛者たちも顔負けの洞察力を示す。それに、根性と粘り強さを——。

そもそもメンタル面からいえば、男の捜査員よりもずっと強いものを持っていた。泣き顔ひとつ見せたことがない。ついでに言えば、「セクハラを受けた」とか「パワハラを受けた」などと言って騒ぎ立てることもだ……。

「今日は誘っていただいてありがとうございました」

花房京子はちょこんと頭を下げ、改めてそう礼を述べた。本当は、男の部下たちに声をかけたのだが、所帯持ちの連中には家族サービスがあった。刑事という仕事は、いったん何か大きな事件が起こったら、週末も祝日も関係なく働かなければならないため、きちんと休める週末は貴重なのだ。

まだ独り者の部下たちにも声をかけようとしたが、オフの時にまで上司の顔を見たくないといった気持ちをなんとなく覗《のぞ》かせる野郎ばかりだった。実際に声をかけてみた数人からは、既に先約が入っている等の理由で断られてしまった。

それで最後に、ひとりデカ部屋に残っていた彼女に「まさかな……」と思いつつ声をかけたところ、「えっ、嬉しい。刑務所の中って、一回見てみたかったんです」と子供のように喜ばれ、もっと早くに声をかけておけばよかったと思ったものだった。

「ま、行くか」

と促して刑務所の正門へ向かおうとすると、

「ちょっと待ってください。実は、あのあと矢部《やべ》さんにも声をかけたら、ぜひ行きたいと言うので誘ったんです。もう来ると思うのですが」

「おお、そうか」

矢部宏《ひろし》は班の最若手だ。週末まで係長につきあいたくないだろうと思って声をかけずにいたのだが、どうやら余計な気遣いだったようだ。

「あ、矢部さんからメールです」

京子はスマホを出して読み、「あら」と声を漏らした。

「ここに来る途中の電車の中で、痴漢を捕まえたらしいです。交番に連行しているので遅れるから、先に入っていて欲しいと書いてあります」

綿貫は、彼女が見せてくれた画面を読んだ。

「うむ、警官の鑑《かがみ》だな。あとで何か美味《うま》いものでも奢《おご》ってやろう」

「綿貫さんは、ここには何度か?」

ふたり並んで歩き出しながら、京子が訊《き》く。

「担当事件に関して受刑者に話を聞くために、何度か来たことがあるよ」

「御存じでしたか？　ここには昔の刑務所の一部が保存されていて、普段から希望者は見学ができるようになっているって」

「ああ、あくまでも建物の一部だがな。確か明治の中頃に建てられたもので、空襲を免れ、戦後もそのまま使われて来た。三十年ほど前に、現在の刑務所に建て替えられるとき、レンガ造りの建物や塀が歴史的建造物として価値があるとされて、一部が壊されずに残されたんだ」

「仕事でそっちを訪れたことも？」

「おいおい、三十年前に建て替えられたって言ったろ。おまえ、俺をいくつだと思ってるんだ。その頃は、俺だってまだ中学生だよ」

容疑者と向き合うときには、綿貫ですら思いつかなかったような着眼点から、事件解決の糸口を見出《みいだ》すことの多い部下だったが、普段はこうしてどことなく頓珍漢《とんちんかん》な受け答えをすることがある。

最近思うが、普段は頭のスイッチをオフにして休ませているのが、この花房京子なりの対処法なのかもしれない。

（いや、それとも単にちょっと抜けているだけか……。）

と思ったが、綿貫はもちろん口には出さなかった。「パワハラ」だ「セクハラ」だと気をつけて喋《しゃべ》らなければならないこの御時世では、冗談ひとつ言うのも大変だ。「男」であって「上司」である人間こそが、気を遣うストレスによって最も痛めつけられている感じがしないでもない……。

正門に差しかかると、誰もが少し歩調を緩め、仰《の》け反《ぞ》るようにして頭上高くそびえる桜を見上げていた。

綿貫と京子のふたりもまた少し歩調を緩め、頭上の桜を楽しみながら正門を入った。

関東中央刑務所は、南北に六百メートル、東西に四百五十メートルの敷地内に、南北五百メートル、東西三百五十メートル、高さ五・五メートルのコンクリート塀で囲まれた収容区域がある。この収容区域は、どこの刑務所でも大概は正門から離れた最奥に造られており、この関東中央刑務所も例外ではなかった。正門を入って北側には官舎と庁舎、さらにはその先に面会用の建物が並び、かなりの広さの駐車場と緑地広場を隔てた南側には、講武館《こうぶかん》と運動場があった。

オープンデイの今日は、駐車場にも緑地広場にも多くの露店が並んでいる。その中には、近隣の商店街やデパート等からの出店もある一方、受刑者たちが普段製作している木工品や革製品などを売る店や、同じく受刑者手作りのパンを売る店、それに刑務所の食事を再現した『刑務所弁当』の店などもあった。

刑務所の食事は、昔はテレビや映画で「臭い飯」と呼ばれたものだが、もちろん、現在ではそんなことはなく、カロリー計算が行き届いた健康的なものだと言えた。服役したことですっきりと痩せ、持病が治ったという組長もいるほどだ。

「私は売り切れる前に『刑務所パン』と『刑務所弁当』を買いたいです」

案内板で目ざとくそれらを見つけた京子が、目を輝かせて言った。

オープンデイは九時からで、まだ開門して一時間しか経《た》っていないが、既に大勢の人間で賑わっていた。

「うむ、そうだな」

「それに、《刑務所ツアー》に申し込みましょう」

収容区域の一部と、歴史的建造物として保存されている旧刑務所の中を見学して回る特別ツアーが、今日のオープンデイのひとつの売りなのだ。正門付近の他、数カ所に案内板が立ち、各回のツアーの開始時間と見学コースの概要が書いてある。

「ええと、チケットは、本部のテントで買えるようですね。それって、どこなのかしら……」

目を輝かせて案内板を眺め回した花房京子は、庁舎の玄関口に臨時のテントを張って作られた本部へと綿貫を引っ張って行ったのだが、

「すみません。十時からの回は、たった今出たところで、そのあともう予約でほぼ一杯なんです。午後一時からの回だけは、まだ若干空きがありますが……」

そこにいた女性が、すまなそうにそう説明した。《刑務所ツアー》は人気らしく、午前に二度と午後に二度の合計四回企画されていた。

「あら、残念。そうしたら、午後一時からの回の予約をお願いします」

ぽんぽんと話を進めてしまう京子を、綿貫があわててとめた。

「いや、俺は、その回はちょっといい……」

「あら、どうしてですか？」

京子が、木の葉形の目を開いて見つめて来て、綿貫は返事をためらった。

「いや、実はな……、あれさ……」

本部のテントのすぐ横に立つ《天童小百合《てんどうさゆり》チャリティーコンサート》の立て看板を、目立たないようにそっと指差した。

天童小百合は、演歌の女王だ。屋外コンサートの会場となっている「運動場」への入場券はすべて前売りではけてしまっていて、「チケットは完売しました」の張り紙がしてあった。残念ながら、綿貫もチケットは持っていなかったが、なにしろ屋外で行なわれるコンサートなのだ。会場に入れなくたって、歌は聞こえる。隣接する緑地広場のできるだけ運動場に近いところに陣取り、ナマで天童小百合の歌を聴きたいというのが、今回、綿貫がこのオープンデイに来た理由のひとつだった。

もちろん小田和正《おだかずまさ》も長渕剛《ながぶちつよし》も聴くし、矢沢永吉《やざわえいきち》のライブには何度も足を運んでいたが、演歌の天童小百合だって素晴らしいと思う。年齢を重ねることで老けたのではなく、感性の幅が広ったのだと思うことにしているのだ。

「ああ、そうでしたか……。一時のツアーにまだ空きがあるのは、そのためかもしれませんね」

京子の指摘に、本部の女性がうなずいた。

「かもしれません。それじゃあ、どうされますか？」

「そうしたら、申し訳ないが俺は天童さんのほうを優先するから、一時の回におまえひとりで参加したらどうだ――？」

「じゃあ、すみませんがそうさせて貰《もら》います。天童さんの歌にも興味がありますが、滅多にない機会なので、収容エリアの中や旧刑務所を見て来ます」

本部の女性は、ツアーの代金と引き換えに「チケット」を京子に渡した。《刑務所ツアー》と印字された色つきの小さな紙に、ツアーの開始時刻をその場で書き込んだ簡単なものだった。十五分ほど前までに、このテントの前に来るようにとのことだった。

ふたりのやりとりを聞きながら周囲を見回していた綿貫は、ひとりの男の顔に視線をふっと引き寄せられた。

オープンデイを楽しむ来場者たちが、それぞれにこやかに過ごす中で、その男ひとりだけは鹿《しか》爪《つめ》顔《がお》で歩いていた。

「あ……」綿貫は無意識に息を吐き、その息が短い音を立てた。「倉田《くらた》さん……」さらには、その男の名が口を衝《つ》いて出た。

「どうしました？　誰ですか……？」

耳ざとく聞きつけた京子が、綿貫を向いた。

男は賑わう人の群れの中を、黙々とこちらに向かって近づいて来ていた。誰かと肩がぶつかったりしないよう、自分が歩く少し先に視線をとめつつ、周囲にも注意を払っている。

綿貫は、自分からも男へと近づいた。

「倉田さん――」

呼びかける声に気づき、男は綿貫に顔を向けた。人の顔の高さよりもやや低い辺りへと下げていた視線を、顔の高さへ持ち上げた。

綿貫は、生真面目《きまじめ》で几帳面《きちょうめん》な性格を窺《うかが》わせる鹿爪顔と向き合うことになった。しかし、じきにその鹿爪顔がほどけ、その奥から温かな笑顔がにじみ出て来た。

「綿貫さん――。お久しぶりです。何年ぶりでしょう。お変わりなくお過ごしですか？」

口調はどこか四角四面で堅苦しいものだったが、それもまたこの男の口から出ると、温《ぬく》もりを帯びたものに聞こえた。

「はい、幸い怪我《けが》も病気もなく勤めております。倉田さんは、今はこちらに御勤務でしたか？」

「ええ、所長として勤めて、もう三年になります。来年が定年ですから、ここが最後の勤務地になるはずです」

「そうですか。もう、そんな御年齢ですか……。時が経つのは早いですね」

「まったく。光陰矢の如《ごと》しですよ。綿貫さんは、今は――？」

「現在は本庁の一課におります」

「そうでしたか。御出世なさいましたね」

倉田は目を細めて綿貫を見た。細かいしわが、目尻から放射状に延びた。ひとり黙々と歩いていたときの生真面目で、いくらか近寄りがたい雰囲気とは打って変わり、人懐っこい顔つきになっていた。

「これは私の部下の花房です。まだ若いですが、優秀なやつです」

綿貫に紹介され、京子が礼儀正しく頭を下げた。

「ほお、花の房、ですか。それは綺麗《きれい》な苗字《みようじ》ですね」

「はい、花房京子と申します。よろしくお願いします」

「ところで、今日は？」

「はい、係長に誘って貰ったものですから、刑務所を見学したくて喜んで参りました」

倉田は綿貫のほうに顔を戻して訊いたのだが、京子がはきはきと答えた。

「そうでしたか。それならばよかった。いや、今日はオープンデイで職員たちもてんてこ舞いで、受刑者との面会は中止しているんです。もしもお仕事でしたら、私から言って誰かに対応させなければならないと思ったものですから」

　そんなふうに気を遣って考えを巡らすところも、昔と変わっていない。綿貫は、そう思うと嬉しくなった。

「いやいや、完全なプライベートですから御心配なく。私は、天童小百合の屋外コンサートが楽しみでしてね」

「ああ、天童さん。実をいえば、この私もですよ。彼女は忙しい中を縫って、あちこちの刑務所を慰問してくださってるんです。私が千葉の刑務所で所長をしていたときにも一度、慰問コンサートをお願いしたんです」

「そうしたら、彼女は、倉田さんとの御縁で？」

「いえ……、そんな大それたことは……。ただ、そのときから存じ上げていましたので、もしかしたら今度の試みにも協力いただけるのではないかと思って御相談したんです」

「——試みとは？」

「コンサートは、運動場で行なわれるのですが、受刑者たちの一部も、観客としてそこに参加するんです。模範囚の中から厳選した三十五名ほどですが……」

「そうでしたか。それは知りませんでした……。しかし、実現するのが大変だったのでは……？」

　同じ刑務所内とはいえ、高い塀に囲まれた収容エリアの中とは違うのだ。

「もちろん、反対もありました。綿貫さんのお立場からも、色々と御意見があるかと思います。しかし、前回までは、受刑者たちは全員が収容区域内の講堂に集められ、そこに設置された画面でこの屋外コンサートを観ていました。今回も、大半の受刑者はそこで観ることにはなりますが、たとえ僅《わず》か三十五人とはいえ、いわば受刑者の代表として収容区域から外に出て、一般の方とともに客席でコンサートを聴くことには大きな意味があると思うんです」

「なるほど。いや、立派な試みだと思いますよ」

出所を前にした受刑者は、「社会見学」の名目で、刑務官につき添われて刑務所外を見て回る。手続き的には、そうした「社会見学」と同じ扱いで、出所まで一年未満の模範囚の中から三十五人が参加できるように法務省を説得したそうだった。

倉田は、腕時計にちらっと目を落とした。

「申し訳ない。今日は、責任者として時間に追われてまして。少ししたら、天童さんを迎えに出なければならないんです。あわただしくて申し訳ないのですが――」

「いや、どうぞ御遠慮なく。久しぶりにお目にかかれて、嬉しかったです」

「私のほうこそ」

倉田は綿貫と頭を下げ合ったあと、京子にもきちんと挨拶してその場をあとにした。

「まずは人を信じることだ。俺に、そう教えてくれた人なんだ」

その後ろ姿を見送りながら、綿貫がぼそりと言った。思い出をたどる間を置き、あとをつづけた。

「あの人が別の刑務所でまだ看守長だったとき、そこの受刑者のひとりに冤罪《えんざい》が疑われたことがある。男が逮捕されたのは、まだＤＮＡ鑑定が捜査に採用されて間もない頃だった。現場に残っていた血液から男の存在がわかり、重要参考人として引っ張って追及したところ、初めのうち男はアリバイを主張していたのだが、動かぬ証拠があると突きつけられて罪を認めた。ところが、そのDNA鑑定に誤りがある可能性が指摘され、再捜査が始まったのさ。事件を担当した刑事はとっくの昔に退職していて、俺を含む数人が再捜査を任された。俺は何度も刑務所に通い、その男に話を聞いた。ところが、こいつは虚言癖がある男でね。ましてや、事件が起こってからもう五、六年が経ってしまっていた。アリバイの確認などできないさ。幸い、男は記録魔で、自分の行動を細かくメモしていたんだが、そのメモだって信憑性《しんぴょうせい》に乏しい。虚言癖ってやつは他人に向けられるだけじゃなく、自分自身をも欺《あざむ》こうとするらしい。そのとき、看守長として毎回男の聴取に立ち会ってくれたのが、倉田さんだったんだ。男の証言に振り回され、もう少しで堪忍袋の緒が切れそうになっていた俺に、倉田さんは言った。まずは信じることから始めてみてはどうですか、とな」

「それで、その受刑者は、どうなったんですか？」

「やはりそいつがホシだった。初期のDNA鑑定には不確かなところがあり、外国ではそれで冤罪が生じたこともあるといった記事を何かで読み、もしかしたら助かるチャンスがあるかもしれないと思って騒ぎ立てていたんだ」

「でも、綿貫さんは、その男の話を信じたわけですね……」

「信じたさ。いったんは、きちんとな。だからこそ、その男の主張が嘘《うそ》だと、やがてわかった」

「疑ってかかったからではなく――？」

「そういうことだ。倉田さんの言う通りだった。話を信じて聞くようになってから、男はボロを出し始めた。その男はいつも他人から疑われることに慣れ、疑われたらどう答えるかを考えるのには慣れていたが、話を丸々信じて聞きつづける相手には慣れていなかったんだ。だから、話すうちに、段々と自分で自分の嘘に足を取られるようになったのさ」

綿貫は、昔を懐かしんで目を細めた。警察官という仕事柄、血なまぐさい思い出が大半だったが、そうした仕事の中でも、また会いたいと思わせる人との出会いはあるのだ。

倉田千尋《ちひろ》という刑務官は、綿貫にとり、正にそういう男だった。

2

駐車場の周辺には、建物に沿ってコンクリート敷きの歩道が設けてある。綿貫たちと別れた倉田千尋は、そこを通って庁舎の正面入り口に向かった。正門から見て、広場の右側に、官舎、庁舎、さらには面会棟の順に並んでいる。

歩く姿勢のいい男で、その動きには野武士のような風格があった。しかし、体全体から、まるで微《かす》かな体臭のように、穏やかな雰囲気が放たれてもいた。人と話すときの口元はいつも、これから笑い出す間際のような形をしていた。それは部下や受刑者たちを前にして、たとえ何か厳しい話をするときでも変わらない。それでいて、この倉田が話し始めると、たとえ口調は穏やかであっても、威厳に満ちた言葉が直接相手の心に響くのだ。

文武両道であり、合気道と書道の師範だった。合気道については、若い頃から刑務官たちを相手に稽古をつけている。現在の勤務地であるこの関東中央刑務所には立派な講武館があり、そこで青少年相手の教室を開いてもいた。

庁舎の玄関口に設置された運営本部のテントにいる職員たちが、倉田に気づき、「おはようございます」「御苦労さまです」と口々に言いつつ頭を下げた。倉田は軽く顎を引くような形で頭を下げ返して庁舎に入った。

庁舎は横長の建物だった。正面玄関を入った先は処遇部の執務室で、たとえ今日のようなオープンデイの日ではあっても、そこでは刑務官たちがいつもと変わらぬ勤めをしていた。

執務室は収納機能を備えたカウンターで周囲を仕切られているだけで、正面入り口が丸見えだ。目が合った彼らにも、ちょっと前と同様の仕草で挨拶をし、倉田は奥の階段を昇った。二階の廊下を歩き、所長室に入った。帽子を脱いで帽子掛けにかけ、執務デスクへと歩いて腰を下ろした。

だが、こうして馴染《なじ》んだ所長室でひとりになると、倉田の表情に僅かな翳《かげ》りが生じた。それは椅子に坐《すわ》るとともに、色濃く顔に拡がった。

倉田は坐ったばかりの椅子から立ち、窓辺に身を寄せて表を眺めた。そうすることが、倉田の習慣だった。真正面に見下ろす駐車場を間に挟んで、向かって左側には刑務所の正門が、右側には収容エリアに出入りする巨大な門があった。

数日に一度、裁判を終えて護送車で運ばれて来た受刑者たちが、鉄製の重たい門を入って行く。一方、定められた期間を務め上げて罪を償《つぐな》った者たちは、大概がこの駐車場で誰かの出迎えを受けてここから出て行く。そうした姿を、倉田はこの窓からずっと眺めて来たのだ。

オープンデイの今日だけはいつもと異なり、駐車場も、その向こうの緑地広場も、大勢の人で賑わっていた。

幹線道路沿いに連なる満開の桜へと視線を移して見つめるうちに、なぜだか気持ちが乱れそうになり、倉田は窓辺を離れて執務デスクに戻った。

ちょっと前に偶然出くわした綿貫のことが、頭の片隅に引っかかっていた。綿貫が優秀な刑事であることは、間違いがなかった。その男が、今日という日に偶然ここに居合わせたことは、これから実行する計画にとってなんらかの支障の元にならないだろうか……。

さらには、そう考えるとともに、もうひとつ別の思いが倉田の胸に湧き上がって来た。綿貫は、善良な男なのだ。計画を実行したあと、自分はその善良な男の目を真《ま》っ直《す》ぐに見られるのだろうか……。

倉田は目を閉じ、深く呼吸をした。丹田《たんでん》に息を深く落とし込むようにイメージしつつ呼吸を繰り返すことで、すっと気持ちが落ち着いた。長年にわたって身につけた集中法だった。

静かに目を開けたときには、元の顔つきに戻っていた。

(実行あるのみだ。)

もうここに至る前に、何度となく自問を繰り返したのだ。そして、こうするより他に、自分を納得させる術《すべ》はないとの結論を得た。いったん結論に行き着いたら、迷うことなく強い信念で前へと進むだけだ。

ルーティーンの書類仕事をしながら時の進行を待っていると、やがてドアをノックする音がして、教育統括部門の責任者である菅野《すがの》が姿を見せた。この男が、今日のオープンデイの運営責任者でもあった。

「すべて滞りなく進んでいます。私はそろそろ下に降り、天童さんの車の到着を待ちたいと思います」

「そろそろお出《い》でになる頃ですね。そうしたら、私も一緒に降りていよう」

倉田は壁の時計と腕時計で順番に時間を確かめ、立ち上がった。

「所長もお出でになるのですか？　車が見えたら、すぐにここに御連絡を入れますが——」

「なあに、ここで待っていたって、同じことだ。私も一緒に行きますよ。さ、行ってましょう」

と、菅野を促して一緒に部屋を出た。

「ところで、参加予定の受刑者たちの様子はどうです？」

「さすがにそわそわしている者も見受けられますが、緊張等で体調不良を訴える者などはありません。予定通りの人選でいけると思います」

「そうか、それはよかった」

そんな会話をしながら移動し、庁舎の裏口から表へ出た。正門は人でごった返している。そこに天童小百合が車で乗りつけたら、庁舎に入るまでの間にファンにもみくちゃにされる危険性があると判断し、北門から入ってこの裏口に乗りつけて貰うことにしたのだった。

北門には菅野の部下が待機していて、天童小百合の乗る車が現れたらここへ案内する手筈《てはず》になっていた。

待つこと数分、その部下から菅野のスマホに連絡が入り、車の到着を告げられた。すぐに隣接する官舎の角から、一台の車が姿を見せた。

倉田と菅野の前で車が停まった。公用車の後部シートには、ふたりの男女が乗っていた。片方は天童小百合で、もうひとりはギタリストの北条紳一《ほうじょうしんいち》。助手席には、マネージャーの田中菫《たなかすみれ》の姿があった。

白い手袋をはめた運転手が車を降り、慣れたスムーズな動きで後部ドアへと回って開けると、テレビなどですっかりお馴染みの天童小百合が降り立った。

小柄な人だった。だが、彼女がそうして車から降り立ったとたんに、周囲がぱっと明るくなったように感じられた。舞台衣装に着替える前の彼女は、ラフなデニム姿だった。

「今日はお忙しい中でお時間を割いていただき、誠にありがとうございます」

倉田は緊張で微かに顔が引き攣《つ》るのを感じながら、丁寧に頭を下げた。いかつい受刑者たちを前にしても、決して緊張することなどないのだが、元々、妻以外の女性と話すのは得意ではなかった。つまり、妻が亡くなってしまってからは、この世のいかなる女性と話すのもあまり得意ではないことになる。

「いいえ、とんでもありません。私の歌が受刑者の方の支えになるのでしたら、こんなに嬉しいことはありません。心を込めて歌わせていただきます」

天童小百合は可愛らしい笑顔で、そう応じた。とっくに還暦を過ぎていて、倉田よりもかなり年上だが、そういったことをあまり感じさせない人だった。化粧や服装のせいではなく、表情が豊かで若々しいためだろう。

倉田が昔、千葉の刑務所でこうして出迎えたときにも、彼女は同じことを言った。しかし、ただ機械的に同じセリフを繰り返しているという感じはしなかった。あのときも、今も、同じように深い気持ちが込められていた。

芸能界のことなど何も知らないし、芸能人と呼ばれる人々の趨勢《すうせい》もわからないが、少なくとも彼女がこうして刑務所の慰問コンサートを行なう気持ちの中には、売名行為などではない本物の誠意が込められていると思えるのだ。

「中に控室を設けております」

倉田が告げ、一緒に車を待っていた教育統括部長の菅野が先に立って裏口へと向かいかけたときだった。

天童小百合は倉田の顔を見つめ、つぶらな瞳を何度かまたたかせた。

「あのぉ、前にも別の刑務所でお会いした気がするのですが――」

相手が自分を覚えていたことに、倉田は驚いた。今日の屋外コンサートへの出演依頼を行なうに当たって、個人的なやりとりはしていなかったし、彼女が自分を覚えているとは思ってもいなかった。

「はい。以前に千葉の刑務所で勤務しておりましたときにも、天童さんをお迎えしたことがあります」

「そうでしたか――。そういえば、あそこの門前にも、美しい桜がありましたね」

倉田は、天童小百合がそれを覚えていたことに感動した。そうした細かい点を覚えているのが、彼女がこの慰問を真剣につづけていることの証に思えた。

「ああ、腑《ふ》に落ちました」

天童小百合は、そう言って倉田に微笑みかけてきた。

「何がでしょう……?」

「今日の屋外コンサートの趣旨です。いったい、どんな所長さんが受刑者の人たちに、コンサート会場で歌を聴かせるつもりなのかと思ってたんですが、わかりました。素晴らしい試みだと思います。精一杯、歌わせていただきますわ」

「ありがとうございます――」

倉田は胸が詰まりそうになりながら、なんとか言葉を押し出した。

3

講武館の入り口付近に、四、五歳ぐらいの女の子がぼんやりと立っていた。しきりと辺りをきょろきょろ見回し、足を踏み出しかけては戻し、少しするとそれとは反対方向にまた足を出しかけて戻している。

親に似た人影に反応しているのだ。

もう少しすると、大きな声を上げて泣き出すだろう。今、あの子の中で、不安がもう抑えきれないほどに大きくなり、あとほんの少しでも膨らめば破裂するしかない状態なのだ。破裂する直前の不安が、手に取るように見える。今、あの小さな胸を一杯に占めている茜色《あかねいろ》の不安が……。

名越古彦《なごしひさひこ》は、股間に血が集まるのを感じた。

ズボンのポケットに手を入れて探ると、持ち物が硬くなっていた。他人に知られることを恐れ、指先でそれの位置を直した。だが、そうしたほんの僅かな刺激にすら反応し、快感が背筋を突き抜ける。少女から必死に視線を逸《そ》らし、刑務所のオープンデイに集まった人々の群れへと注意を向けて、唇の隙間から息を吐いた。

大勢の人間たちが、連れと楽しげに歩いていた。一緒に何かを食べたり、話したり、笑い合ったりしていた。腹立たしいほどに平凡で、そして、憎むべき光景だった。しかも、今のところはまだ誰もあの娘《こ》に気づいていない。あの子が不安に慄《おのの》いていることを知るのは、この世界で名越ただひとりだけだ。

（俺だけなのだ……。）

そう思うと、たまらなくいい気分だった。期待を込めて視線を戻すと、ほんの短い間にあの子の不安は益々《ますます》大きくなり、薄い皮膚を突き破って表へ弾《はじ》け出《だ》そうとしていた。

（たまらない……。）

未成熟で膨らんでいない裸の胸や、反対にちょっと膨らんだ腹や、そして、か細い二本の足の付け根にある密かな場所などが想像され、名越古彦は息苦しくなった。

息が荒くなるのを抑えきれず、自分の意思とは無関係に、足が前に出そうになる。声をかけるべきだ。なあに、いかがわしい目的で声をかけるわけじゃない。あの子は、迷子だ。声をかけ、親に無事に会えるように手助けするのだ。

そう、あのときだって、本当にただそれだけのつもりだったのだ……。それなのに、大声で泣き出したりするものだから……、だから、静かにさせねばならなかった……。そうだ、ただそれだけのことだ……。

ふらふらと近づきかける名越の少し先で、女の子はついに泣き始めた。大人には真似《まね》のできない子供特有の激しさで……。

名越が一番好きな時間は過ぎてしまった。破裂する間際の、あの緊張感はもう奪い去られてしまったのだ。残念極まりないことだった。

しかし、まだ楽しみは残っている。泣き始めた子の体は熱を持つ。掌《てのひら》を背中に押しつけると熱が伝わって来る。うっすらと汗ばんだ皮膚の奥で肺がひしゃげ、心臓が鼓動を打つのが感じられる。小さな生き物だからこそ味わえる生《せい》の鼓動だ。ああ、この掌でそれを味わってみたい……。

名越はあわてて足をとめた。

邪魔者が現れたためだった。三十歳前後の若い女と中年男のふたりが女の子に気づき、注意を向けたらしかった。

刑務所の食事を再現した『刑務所弁当』の入った袋を左手に、受刑者たち手作りの『刑務所パン』を右手に提げて、花房京子は満足げににこにこしていた。まだ昼食どきまでには大分間があるにもかかわらず、どこかに坐ってどちらか一方を食べたそうにしている。

一方、綿貫はといえば、さっきからちらちらと正門のほうを気にしていた。もしかしたら、そろそろ天童小百合の乗った車がやって来るのではないかと、そんな淡い期待を抱いていた。

「綿貫さん、お腹《なか》がすきませんか？」

案の定、少しすると、京子がそう訊いて来た。

「いや、まあ、まだそれほど減ってないが……、食べたいのならば、俺に遠慮せずに食べたらどうだ？」

綿貫が言うと、「そうですか。でも、私ひとりじゃなんだか……」などと言いながら、腰を下ろして食べられそうな場所を探してきょろきょろする。

ヤクザも恐れるようないかつい面構《つらがま》えの部下が、家族と一緒の非番のときにはやさしい良人《おっと》や父親の顔つきになっていて、その変貌《へんぼう》ぶりに驚くことがある。この花房京子も、案外と女友達同士のときには、いつもこんな感じなのかもしれない。

　そんなことを思って頰を緩めていた綿貫の前で、京子が視線を一点にとめた。

「あら、迷子かもしれません――」

　講武館の入り口付近に不安そうな顔をして立つ幼子へとふたりは歩み寄り、京子のほうがしゃがんで顔を近づけた。

「どうしたの？　ひとりなのかしら？　大丈夫だから、泣かないでお姉さんに話してちょうだい。あなたのお名前は？」

　幼子は、話しかけられて吃驚《びっくり》したのか、それとも安心したからか、一層大きな声を上げて泣き始めた。

　しかし、京子は泣きじゃくる子を上手《うま》くあやして名前を確かめ、ここには母親に連れられて来たことを聞き出した。

「じゃ、お姉さんと一緒にお母さんを探しましょうね。もう、泣かなくても大丈夫よ。すぐにお母さんが見つかるから。だから、もう泣かないの。さあ、これで涙を拭きましょうね」

　そんなふうに言って女の子の顔をハンカチで拭《ぬぐ》ってやる京子のことを、綿貫はただ手を拱《こまね》いて横から見ているしかなかった。

　一応、綿貫にもふたり子供がいて、子育てにはできる範囲で妻に協力をしてきたつもりだったが、目の前で幼子に泣かれてしまうと、自分ではどうしていいかわからなかった。取調室で凶悪犯を相手にしているほうが、よっぽど楽だ。

一課の猛者どもに混じって、いやむしろその先陣を切ってあちこちを飛び回り、密かに「のっぽのバンビ」と呼ばれているこの女性刑事が、こんなふうに幼子を前にして優しく話しかけるのを目にすると、なんだかちょっとほっとした。

「さっき、ツアーの申し込みをした本部に連れて行けばいいいんじゃないかな」

せめても、と、そう意見を述べたときだった。

「ここにいたのね……。ああ、よかった……。どうしてひとりで遠くへ行っちゃうのよ」

抱っこ紐《ひも》で赤ん坊を自分の胸にくくりつけた女が、空のベビーカーを押して走って来た。

「すみません、ありがとうございました。下の子のおむつを替えていて、ほんのちょっと目を離した隙にいなくなってしまいまして……」

女はすがりついて来る娘の背を撫《な》でながら、繰り返し頭を下げた。

どうも幼い女の子は、ベビーカーを押した別の女性を一瞬、母親と勘違いし、そのあとをついて行ってしまったらしかった。

「なんにせよ、無事に見つかってよかったです。今、迷子案内に連れて行かなければと思ってたところでした」

ほっとした綿貫と京子に改めて礼を述べ、しきりと頭を下げながら、母親は子供たちを連れて遠ざかった。

三人を見送った綿貫は、怪訝《けげん》そうに周囲を見回す京子に気がついた。

「どうかしたのか？」

「いえ……、何でもないんですけれど……。私たちが女の子に駆け寄ったときに、なんだか嫌な眼《め》つきで女の子を見つめていた男がいたんです。でも、どこかへ行ってしまいました……」

「おいおい、まさか、こんなところで性犯罪者か――」

綿貫も周囲を見回すが、オープンデイを楽しむ人たちばかりで、気になるような男は見つからなかった。

代わりに、走って近づいて来る矢部宏の姿に気がついた。

「ああ、ここにいましたね。やっと見つけた。花房さんにメッセージを送ったのに、スマホをちゃんと見てくださいよ」

矢部は人ごみを縫って走って来ると、京子にそう苦情を述べた。

「あら、ごめんなさい。気がつかなかった――」

「で、どうだったんだ。痴漢騒ぎは無事に落ち着いたか?」

「はい。交番に引き渡しました。すっかりしょげて見せてましたが、端末で前歴を確かめたら、痴漢で捕まるのは今度でもう五回目でした。完全に常習犯というか、ビョーキですよ――」

「おまえが乗り合わせていてよかったな。気の弱い女性だと、被害に遭《あ》っても声も出せないことが多いんだ」

「体育会系の大学生が真っ先に気づいたんです。ラグビー部だったかな。男は次の駅で降りて逃げたんですが、その学生とふたりがかりで取り押さえました」

矢部がそう説明する途中で、スマホが鳴った。

「ちょっと失礼します」と断り、スマホを耳に当てた矢部が眉間にしわを寄せる。

「え……、そんなことが……。だって、彼のせいじゃないですよ……。はい……、わかりました。

そうしたら、自分もすぐにそっちへ行きますので。いえ、大丈夫です。今日は非番ですから……」

矢部は通話を終えると、スマホをポケットに戻しながら綿貫へ向き直った。

「どうしたんだ?」

「交番から電話でして、痴漢で逮捕された男が、今話した大学生と私を傷害罪で訴えると言ってるらしいんです」

「そりゃまた、どういうことだ?」

「しきりに脇腹の痛みを訴えるので病院で診て貰ったところ、肋骨《ろっこつ》にひびが入っていたことがわかったそうなんです。そうしたら、逮捕時の暴行が元だと喚《わめ》き始めたと――」

「手荒な真似をしたのか?」

「いいえ、とんでもない。ただ、抵抗したので押さえつけて逮捕しましたが、決して乱暴には扱っていません……」

「問題はないと思うが、逮捕に民間人も関わっていた場合、事態がややこしくなる可能性がある。捕まった男は、痴漢の常習犯だと言ったろ。その辺りのこともわかっていて、わざと事を大きくしようとしてるのかもしれんぞ」

「あの大学生は好青年でした。彼がいたから逮捕できたんですよ。とばっちりを食ったりしたら、大変です。これから行って、じかに痴漢野郎と話して来ます」

「うむ、それがいいだろう。もしも話がもつれそうなら、すぐに俺に連絡を寄越《よこ》せ」

「わかりました。ありがとうございます」

矢部は勇ましくうなずいたが、それからやや情けなさそうに周囲を見回した。

「だけど、参ったな……。ここで色々食べられると思って、朝飯を食ってないんですよ……」

「矢部さん、これをどうぞ。行く途中で食べてください」

花房京子が、刑務所弁当と刑務所パンが入った袋を両方差し出した。

「えっ、いいんですか。でも……、花房さんも食べたかったのでは……」

「大丈夫、大丈夫。私はすぐにまた買いますから」

明るく微笑んだ京子だったが、どこか名残《なご》り惜しそうな様子が隠せなかった。

4

いかつい鋲《びょう》が打たれた鋼鉄の厚い扉がゆっくりと押し開けられ、隙間から光が射《さ》して来る。

村井拓弥《むらいたくや》は、誇らしさと恐れの双方を胸に抱きながら、その扉の先の世界を凝視していた。

「気をつけ！」の命令が出ているため、微動だにできないが、緊張で額《ひたい》から流れ出た汗が眉根を伝い、目に入ってしまいそうだった。拓弥は懸命に少しずつ顔の筋を動かし、汗が目をよけて頰のほうへ流れるように工夫した。

「わかっていると思うが、おまえたちを珍しげに眺め回す、多くの視線に出くわすはずだ。しかし、そんなことは気にするな。むしろ、どうだ見ていろ、というぐらいのつもりでいればいい。諸君は、この関東中央刑務所を代表する模範囚だ。しかも、全員が、十二カ月以内には務めを終えて社会へ戻る身だ。緊張するなというのは無理かもしれんが、普通にしていればいいのだからな」

倉田所長が今朝一番に行なった講話の言葉が、拓弥の脳裏によみがえっていた。倉田は、今回の屋外コンサートを直接鑑賞することを許された拓弥たち三十五人の模範囚を前にして、いつものように静かに語って聞かせたのだった。

「諸君は、この刑務所で過ごす七百人の受刑者たちの代表なのだ。そのことを忘れるな。堂々と胸を張っていればいい」

力強くそう述べてから、厳格な表情を崩して微笑んだ。

「そして、あとは天童小百合の歌を楽しめばいいさ。彼女の歌を直接鑑賞できるなど、娑婆にいたってなかなか巡り合えない幸運だぞ。それを思えば、諸君は恵まれてるんだ」

（その通りだ。俺は恵まれている。）

村井拓弥は、胸の中で自分にそう言い聞かせた。

だが、扉がいよいよ全開になると、快晴の春の明るい光がなだれ込んできて、拓弥は一瞬、目がくらみそうになった。

（いや、これは光のせいじゃない……。）

そこを埋める大勢の人たちの姿に、眩暈《めまい》がしたのだ。

ここに連れて来られたとき、護送車の窓の狭い隙間から眺めた光景を、拓弥は忘れていなかった。この厚い扉の外の駐車場は無人で、駐まる車もほとんどなかった。その殺伐《さつばつ》とした光景の先には、厚い鉄の扉と高い塀によって外界から隔てられた、収容棟が待っていた。罪を犯した者だけの世界だ。

無人だった駐車場が、今は大勢の人で溢《あふ》れ返っていた。

普段、灰色の囚人服と紺色の看守服の二種類だけを見慣れた拓弥の目には、色とりどりの服が眩《まぶ》しかった。

種々様々な露店に囲まれた中を、大勢の人たちが話し、笑い合いながら、それぞれてんでに滅茶苦茶な方向に歩いている。どうしてあれで、他の人とぶつからないのだろう。なぜ、何の不安も覚えず、あんなふうに歩き回っていられるのだろう……。

(怖い……。)

突然の恐怖が、拓弥を襲った。

こんなに大勢の人間の中に入って行って、自分が普通にしていられるとは、到底、想像がつかなかった。

「落ち着いて進めよ。貴様らは、立派な模範囚だ。気分の悪い者はないな」

担当の看守長から励ますように言われた声に反応し、思わず挙手をしてしまいそうになる衝動を、拓弥は懸命に抑え込んだ。

「よし、行くぞ」看守長は全員に聞こえるように告げてから、胸の中に大きく息を吸い込み、歯切れよく号令を発した。「その場で行進、始め!」

拓弥はいつも通り、前の人間の後頭部を見つめ、前の人間の手足の動きに合わせて両手両足を振り始めた。

大丈夫だ。外の世界の人間たちが、いくらてんでばらばらな動きをしていても、自分はただ前の人間について進めばいいだけだ。誰とぶつかることも、歩く方角に迷うこともない。それに、立ち尽くしてしまうことも――。

「前進、開始！」

看守長の号令が響き、拓弥は前の囚人について歩き出した。

後頭部だけを見つめ、それ以外のものは何もかも視界から締め出すように心がけて、ひたすら前に進む。隊列を乱さないよう、両手を規則的に振り、両足を一定のリズムで前に出す。ああ、少しでも気を緩めれば、それだけでもう自分が粉々になってしまいそうだ……。

拓弥たち三十五人の隊列は、二列縦隊を作り、四方と真ん中左右の合計六カ所に看守を配した状態で、駐車場から緑地広場へと移動した。

緑地広場の先には、人だかりができていた。あの先の運動場が、天童小百合のコンサート会場だ。

人だかりは広場の幅一杯に広がり、全員が運動場を向いていた。そこが緑地広場と運動場の境目で、チケットを持たない人間たちが鈴生《すずな》りになっているのだ。

いつもの塀に囲まれた収容棟内の小さな運動場で感じるよりも真っ直ぐ体に吹いて来た風が、拓弥に春の匂《にお》いを感じさせた。

(そうだ、これが自由の匂いだ。)

拓弥の胸が騒ぎ始めた。あと二百八十六日。それだけ我慢すれば、自由の身になれる。こうした風を、毎日、好きなだけ感じて暮らしていける。いや、その前に、仮釈放の審査があるはずだ。

そのときだった……。

運動場のほうを向いて鈴生りになった人々の中で、ひとりだけ近づく隊列のほうを向いている女に気づき、拓弥は声にならない声を漏らした。

(美里《みさと》……。)

まさか彼女が、ここにいるなんて……。

自分がおよそ七百人の囚人の中から特に模範囚として選ばれ、天童小百合の屋外コンサートを直接観ることを手紙で知らせはしたが、オープンデイの今日は面会が中止されていた。会いに来たって、直接話せるわけではないのだ。

美里が拓弥の帰りを待つ故郷の街から、この関東中央刑務所までは、電車を乗り継いで二時間以上かかる。免許を持っていない美里が、わざわざやって来るとは思っていなかった。

「前方注意! 先導する看守に従って進むんだぞ。列を乱すなよ」

看守長の注意が飛んだ。今は、周囲に一般人がいるため、声がいくらか抑え気味になっていた。

だが、看守長のその声に反応して、鈴生りの人々がちらちらとこちらに視線を向けた。無遠慮な視線が微小なつぶてとなって頰に飛んで来るが、拓弥は平気だった。奥歯を嚙《か》み締め、所長の倉田から言い聞かされた言葉を思い出し、堂々と胸を張って行進をつづけた。

(見てろよ、美里。俺は、ちゃんとやっているぞ。)

心の中で、ちょっと前にほんの一瞬目を合わせただけの美里に呼びかけた。

そうするとともに、しかし、ふっと不安に襲われた。美里がここにこうしてやって来たのは、彼女の暮らしに何かがあったためではないのか……。そんな疑念が心をよぎったためだった。

美里はもうとっくにドラッグとは手を切っていた。すべてはあの男が原因だったが、今ではもうあいつはいない。拓弥が、この手で、半殺しの目に遭わせたのだ。それで拓弥自身も逮捕されたが、あの男も道連れにしてやった。ドラッグ絡《がら》みで複数の前科があったあの男は、まだこの先何年も娑婆《しゃば》には出られない。

だが、もしかしたらあの男の仲間が、美里に何かちょっかいを出して来たのかもしれない……。あるいは、ひとでなしの家族が、また何かやらかしたのだろうか……。

物思いに囚《とら》われていた拓弥は、前の囚人の足取りに乱れが生じていることに気がつかなかった。緑地広場と運動場の間に設けられた仮設の入場口へと、列の先端が差しかかったところだった。それでわかった。列の乱れの原因は、先頭の囚人にある。きっと、運動場にいる大勢の観客たちに臆したのだ。

芝や土の上をいくつかの区画に分けてブルーシートを敷き、そこに腰を下ろした観客たちの姿が、拓弥にも見えた。老若男女、様々な人たちが、みなこちらを向いている。二列縦隊で行進をして運動場に入って来た灰色の囚人服姿の拓弥たちに、好奇の目を向けている。

後ろの囚人の振った手が背中に当たり、拓弥はドキッとした。手足がすくんでしまい、自分の体じゃないみたいだ。

ああ、どうしよう……。緊張が伝染したのがわかる。前の男も、後ろの男も、そのさらに前と後ろの男もみんな緊張している。この場から逃げてしまいたい……。

息をするのが苦しくなったとき……、緑地広場との境目近くに設置されたテントのひとつから、ひとりの男が歩み出した。

所長の倉田だった。

倉田は、無言で拓弥たちを見つめて来た。

その厳《いか》めしい顔を見た瞬間、拓弥の体の真ん中に一本太い芯が通った。すっと背筋が伸び、手足に力が戻って来た。

「貴様ら、しっかりしろ！」

胸の中で、倉田のそんな声が聞こえた気がした。

それは拓弥ひとりではなかったようで、行進する隊列の足並みがそろった。

右、左、右、左……。手を振り、足を前へと運ぶ。そうしているうちに、村井拓弥は胸の高鳴りを覚えた。囚人代表のひとりとして、天童小百合の歌声を目の前で聴ける誇らしさを感じた。自分を誇りに思えるなんて、ついぞなかったことだった。

5

股ぐらの火照《ほて》りをどうにか鎮めた名越古彦は、男性用トイレの個室を出た。小便をしていた男がちょうど終えたところで、小便器の前を離れた男と鉢合わせてしまった。

名越はその男を先に行かせてから、洗面台へ移動した。蛇口をひねり、備えつけの消毒石鹸《せっけん》で両手を念入りに洗った。ふと気づくと、男が鏡越しに名越のほうを見ていたが、名越が睨《にら》み返すと目を逸らし、そそくさとトイレを出て行った。

緑地広場に戻った名越古彦は、その広場の端っこの目立たない場所に陣取って再び「人間観察」を始めた。それが名越の趣味だった。思い返せば子供の時分から、できるだけ目立たない場所に立って、他の子供たちが何をするかを眺めていたものだった。

だが、そうしていると決まって虫唾《むしず》が走った。それらの多く——いや、ほぼすべてが、無意味でくだらない行動なのだ。ただ本人たちだけが、意味のあるものと錯覚しているだけだ。それは今だって変わらない。刑務所のオープンデイなどというくだらないイヴェントに、家族や友人同士、恋人同士などで連れ立ってやって来て、機嫌よく歩き回っている連中にはほとほとうんざりさせられる。

（だが、これはちょっとした見ものだぞ。）

収容エリアの厚い鋼鉄の扉から出て来た囚人の一団が、二列縦隊で運動場へと入って行く姿を見て、名越はにやにやと頬を緩めた。

囚人たちはみな緊張に顔を引き攣らせ、どこかぎごちない動きで行進していた。

名越には、あの連中の気持ちが手に取るようにわかった。連中は、周囲の人ごみに引け目を感じ、その連中から向けられる視線に恐れを抱いているのだ。

なんとも愚かなやつらじゃないか。

引け目など覚えるから相手が怖くなるし、恐れを抱くから溶け込めなくなる。最初から、周りと同じ振りをして溶け込んでしまえばいいのだ。簡単なことだ。なにしろ、相手はただの愚かな群衆に過ぎないのだから。

名越の特技は、人の顔を覚えることだった。だいたい人の性格は顔に出る。顔を覚え、微妙な表情の変化に気づきさえすれば、どう振る舞えば相手の機嫌を損ねないかがわかる。

塀の中では、そうした特技から得られる恩恵が大きかった。名越は同じ収容棟や作業工場《こうば》に属する囚人の顔はもちろん、一度でも目にした看守の顔はすべて覚えてしまった。その顔つきからおおよその性格を把握して調子を合わせ、カメレオンのように周囲に溶け込んで来たのだ。そして、模範囚として出所し、今では市民に溶け込んで生活している。

今の生活をつづけていくためには、どうしてもあの男と会って決着をつけなければならなかった。もしもあの秘密が世間に知られれば、いわゆる一般人としての暮らしがめちゃくちゃになる。遺族から民事で訴えられたり、マスコミから追いかけ回されたりする危険があるかもしれない。いや、まさかとは思うが、逮捕される危険すら……。

(そんなことは、まっぴらだ。)

運動場に設置された舞台に、所長の倉田が立ってマイクを握った。この刑務所を仕切る所長として、屋外コンサート開催の挨拶を述べ始めた。

名越は周囲の人間に気づかれないように小さく舌打ちし、その場を離れた。あんな男の話など、聞きたくもない。塀の中にいる間に、もううんざりするほどに何度も聞かされたのだ。

それに、ここであいつの話など聞かなくても、すぐにサシで話すことになる。

6

二曲目の歌が終わりに差しかかったところで、倉田千尋はこめかみを人差し指で押さえて顔をしかめた。腕時計で、そっと時間を確かめた。こめかみを押さえる仕草は心なしか大げさだったが、腕時計を覗き見るときには極力目立たないように注意していた。

そして、隣に坐る教育統括部長の菅野へと顔を寄せた。

「頭痛がひどいので、所長室に戻って頭痛薬を取って来ます」

「大丈夫ですか？　誰かに言って、医務室から貰って来させましょうか」

小声で言う菅野に、倉田は首を振って見せた。

「いや、いつも服用しているものがあるんだ。それを服《の》んでちょっと休めば、すぐに治るはずです」

口早に告げ、手振りで「そのまま、そのまま」と菅野を制し、倉田はそっと席を立った。体を屈《かが》めて椅子同士の隙間を進み、テントの裏側へ出た。

緑地広場と運動場の間は、出入り口以外はロープで仕切られていた。そのロープの向こうに鈴生りになった人々が、テントから抜け出して来た倉田に目を向けた。倉田は頭を低くし、ロープとテントの間の隙間を移動した。

屋外コンサートの会場となった運動場の出入り口に立つ看守が、近づく倉田に気づいて敬礼をした。倉田は背筋を伸ばして返礼し、

「頭痛がするので、所長室に戻って薬を服んで来る。すぐに戻る」

菅野に告げたのと同じことを、今度はいくらか事務的に告げて先を急いだ。

来場者の多くが、天童小百合を一目見ようとして運動場のほうへと移動したため、緑地広場も駐車場も人が減っていた。昼食時には大勢の客に取り囲まれ、中にはかなり長蛇の列ができていた露店も、今はどこも空《す》いていて、適当な場所に腰を下ろした客がゆったりと食事をしていた。

倉田は大股で駐車場を進んだ。庁舎の東にある正面玄関に差しかかると、その前に設置された本部に詰めた職員が立って頭を下げた。それにもきちっと返礼して庁舎の正面入り口を入ると、

今度はそこで働く処遇部の職員たちと目が合った。

倉田はまた返礼し、頭痛がするので薬を服みに来たことを告げてゆっくりと階段を上った。

だが、踊り場を越えて下から死角になると上るスピードを速め、そのまま廊下も速足で進んだ。

所長室のドアを解錠して入った倉田は、ボタンを外して制服の前を開けた。次に入り口脇のロッカーからノートパソコンほどの大きさの布袋を出し、ベルトを少し緩めて隙間に突っ込んだ。ボタンを留め直し、その部分を平手で撫で、目立つほどには膨らんでいないことを確かめた。

窓の外から、運動場で行なわれている天童小百合の屋外コンサートの音が風に乗って聞こえていた。彼女は三曲目を歌い終わり、何か曲の合間の話を始めていた。この所長室でも歌声ははっきり聞こえたのだが、話し声のほうは今ひとつ聞き取れなかった。

倉田はロッカーのドアを閉め、所長室を出た。

ドアをロックし、廊下をさらに奥へと進み、そこの階段で一階へ下った。

この庁舎は駐車場に面して横に長く、建物の両端に階段がある。ちょっと前に倉田が入ったのは東側、すなわち向かって右側の出入り口で、その前には今日のオープンデイの仮設本部が設けられてあった。

一方、西側の一階には庶務課の執務室があり、普段はそこの窓口で受刑者への面会や差し入れ、郵便物などを扱うことになっていた。だが、今日は混乱を防ぐため、面会はすべて取りやめられており、庶務課の部屋は無人である。階段を下った倉田は無人の部屋の前を通り、建物の側面に面した出入り口のドアを出た。

段差を降りた先に、二間《けん》ほどのほんの短い距離だけ波形屋根をつけた屋外の渡り廊下があり、その先が面会棟の入り口になっていた。面会者たちは庶務課の受付で申請し、この渡り廊下を通って面会棟へと移動するのだ。消防法の関係で、ふたつの建物をひとつに繫《つな》ぐことはできなかった。

元々面会は、原則として平日に限られていた。時間帯は、午前八時半から午後四時までで、一日当たりの面会希望者がよほど多い場合以外には、三十分の面会時間は確保できる。また、どの受刑者も、最低でも月に二度の面会は許可される。

服役態度による等級ごとに、面会回数は決められる。庶務課長に面会の回数を決める権限があるが、倉田は「恣《し》意的な判断はしてはならない」と厳命し、万が一判断に困る場合には、必ず自分に相談するよう命じていた。

面会棟は、平屋の細長い建物で、反対側の端は二十メートルほど先にある収容棟へとつづいていた。建物の片側が面会者のための廊下で、面会室を間に挟んだ反対側が収容棟から出入りが可能な受刑者の廊下となっており、面会室は頑丈なポリカーボネイト製の仕切りで左右に分けられていた。

今日は面会が中止されているために、面会棟は天井灯が消えてがらんとしていた。駐車場との境には、「関係者以外は立ち入り禁止」の立て札があるため、この短い渡り廊下に入って来る者もない。

面会棟や庁舎の裏側には、旧刑務所の旧講堂が建っていた。

旧講堂のレンガ造りの壁が、面会棟と並行して延びている。

倉田はひとつ深呼吸をし、面会棟の裏側へ回り込んだ。

だが、そこに名越古彦の姿はなく、愕然《がくぜん》とし、激しい不安に襲われた。

（なんということだ……。）

名越古彦のような男が、約束の時間を守るわけがなかったのだ。もしもここで五分とか十分待たされたら、計画に大きな齟齬《そご》が生じる。いや、成立しなくなるというべきだ。

繰り返し頭の中でシミュレーションして来た殺人計画も、所詮は思い描いただけのものに過ぎなかったのだ。名越のような男が、指定された時間に正確に来るわけがないという、ちょっと考えればわかることすら見逃していたなんて……。

最初からこんなふうに躓《つまず》くようでは、計画の遂行など到底不可能だと、そんな弱気の虫が起こって来る。

そのとき――。

「久しぶりですね、所長さん」

背後からいきなり声をかけられ、倉田は飛び上がりそうなほどに驚いて体の向きを変えた。

面会棟ではなく、庁舎のほうの裏手の壁に寄りかかった名越が、こっちを見てにやにやしていた。

「なんだよ、幽霊でも見たような顔をして……。ここに呼び出したのは、所長さん、あんたですよ」

名越は気色の悪い笑みを浮かべたままで近づいて来た。だが、倉田の態度に何か不審を覚えて警戒したのか、少し距離を置いて立ちどまった。小狡《こずる》く、周囲に用心深く溶け込み、本能的に身を護《まも》る術に長《た》けた男なのだ。

倉田は何と言い返そうか考えたが、頭が真っ白になってしまっていて言葉が出て来なかった。小槌《こづち》で叩《たた》かれたみたいに、まだ心臓がどきどきしている。

「最初に言っておくけれど、俺には何も疚《やま》しいことなどありませんからね」

名越古彦はそう言葉を継いだ。

「ただ、所長さんがわざわざ内密に話したいなんて言うので、気になってやって来ただけだ」

訊かれもしないのにひとりで喋りまくる名越古彦の口元を見つめつつ、倉田は唇を僅かに開き、その隙間からゆっくりと息を吐いては吸った。

相手がこうして何か言い出したら、どう言い返そうということはもちろん予《あらかじ》め考え、何度も反復練習を行なっていた。だが、そうした言葉がみな吹き飛んでしまっていた。そして、ひとつの思いだけが、太い筆で書いたかのようにくっきりと脳裏に浮かんで来た。

（こういう腐った男と話す言葉などない。）

肺が空になり、自然に体内へと流れ込んで来る新たな空気を丹田へと落とし込むことで落ち着きを取り戻した倉田は、まるで散歩にでも出るような足取りで名越に近づいた。

人間同士とは不思議なもので、間近に相対した場合のみならず、たとえ距離を置いて向き合っていても、殺気等の強い意思を持つ相手に対しては身構えるものなのだ。動物としての本能というべきだろう。

だが、急に前触れもなく接近されたときには逆に、最も無防備な状態になる。道場で「基本」として教えることはないが、それこそが実は人間同士が相対したときの本当の基本なのだ。

もっとも、それは教えられてわかるものではなく、人の本性に根付いた真実とでもいうべきか。

名越古彦は、急に目の前に接近した倉田に驚き、軽くのけぞりつつ背後に退《ひ》いた。

無防備に剝《む》き出しになったその首筋に、倉田は突きを入れた。

動脈部分を強く打つと、人は一瞬で気を失う。脳への血流がとまるためだ。

頽《くずお》れた名越の体を支え、コンクリートの地面に横たえると、ポケットから出したナイロン製の手袋をはめ、手早く名越のスニーカーを脱がした。

足のサイズは二十六で、倉田より少し大きいだけだった。倉田は自分の靴を脱ぎ、ベルトに挟んだ布袋から出した厚手の靴下を今穿《は》いている靴下の上から穿き、名越のスニーカーに爪先《つまさき》を入れた。大丈夫だ。紐を締め直す必要はなく、倉田の足にほぼフィットした。

倉田は自分の靴を旧講堂の床下の換気口に隠すと、名越の右腕を摑《つか》んで引いた。腋《わき》の下へと自分の体を滑り込ませるようにして相手を持ち上げ、軽々と背負って歩き出した。

面会棟と旧講堂の間を奥に向かって少し歩いた先に、旧講堂へ出入りできるスチール製の扉があった。ポケットから出した鍵《かぎ》で、その扉を解錠した。自分の体が抜けられるだけの隙間を開けて中に入り、元通りにドアを閉めて講堂の床を横切った。

名越を背負って歩く倉田から見て右側が講堂の舞台で、正面には反対側の出口の扉があった。旧刑務所の一般公開を始めた当時は、この講堂も見学コースに入っていたのだが、数年前から老朽化が著しく、天井や壁の漆喰《しっくい》が落下する危険もあるため、今では完全に閉鎖されていた。

向かい側の扉もまた、同じ鍵で開けられた。再び自分の体の隙間だけ扉を開き、表に出ようとした倉田は、はっとしてあわてて身を引いた。

講堂の向こうには、幅二間ほどの通路を間に置いて、旧収容棟の建物が連なっている。現存する旧刑務所の収容棟はすべて平屋で、倉田のほぼ真正面には調理場の裏口があり、左側には作業工場が、右側には風呂場が並んでいた。

風呂場の釜焚《かまた》き場は、半間ほど通路のほうに突き出しているのだが、その際《きわ》に男がふたり向かい合って立ち、何やら小声でやりとりをしていた。

驚いたことに、こちらに背中を向けて立つ男のほうは、刑務官の制服を着ていた。ここで働く看守の誰かなのだ。

もうひとり、こちらを向いて立つ男のほうは整髪料で頭をかちかちに固め、ハデな服を着て、いかにもスジ者《もの》という感じがする。

(あの看守は、いったい誰だ……。)

肩章が見えれば階級がわかるが、やや前屈みになっているためにここからでは見えなかった。いったい、こんなところで何をしているのだ。

いかにも良からぬ感じがする。

——そう思った正にそのとき、スジ者風の男の右手が動き、刑務官の手に何かを握らせた。

一瞬の動きではあったが、倉田はそれが小さな透明の袋に入った数粒の錠剤であることを見て取った。経験から判断して、おそらくは合成ドラッグだ。

くそ、日頃から恐れていたことが起こってしまった……。

刑務所の収容棟内にこっそりと何かを持ち込む場合、その代表的な方法のひとつは、刑務官に協力させることだ。倉田自身、長い刑務官人生の中で、買収されたり何か弱みを握られたりした結果として、そういった悪事に手を貸した同僚に何度か出くわしたものだった。

無論のこと、発覚した時点で即懲戒免職の対象となる。所長になってから、倉田自身が解雇した部下もふたりいた。

今度が三人目になるのか……。

（しかも、よりによってこんな時に……。）

手前の男が背筋を伸ばし、肩章《けんしょう》が見えた。金色標章《きんいろひょうしょう》の両側の飾り線が三本。

（看守長か……。）

ちなみに、大規模所の所長である倉田の官職は矯正監《きょうせいかん》であり、肩章は金色の台の中央に、同じく金色の桜花章が三個つく。

ヤクザ風の男が、看守長の耳元に口を寄せた。何かささやき、ニヤッとした。

看守長のほうも相手の口元へと耳を寄せ、それに伴い横顔が見えた。

工藤悦矢《くどうえつや》だ――。

驚きはしたが、意外には思えない。そんな類《たぐい》の部下だった。ヴェテランの看守長として、無難に職務をこなしてはいるが、そこに熱意は感じられない。上司の前ではそれなりに上手く振舞っているが、おそらくは部下や受刑者に対しては、自分の立場を笠《かさ》に着た傲慢《ごうまん》な態度を取っているのではないか。そう想像させる刑務官なのだ。

工藤は到底脅されて片棒を担いでいるようには見えなかった。何か飴《あめ》をぶら下げられて、それで転んだ口かもしれない。

ヤクザ風の男がぽんと工藤の肩を叩いて歩き出した。だが、工藤のほうはその場にとどまったまま、ポケットから取り出したたばこを口にくわえて火をつけた。

この通路は北門のほうへとつづいていて、その手前には受刑者たちが手作りしたものを売る「刑務所作業製品展示場」がある。ここでは堅い呼び名を避け、「物産館《ぶっさんかん》」と名づけられている。一緒に通路を出て行って、そこにいる職員に見咎《みとが》められるのを恐れたにちがいない。

倉田は名越を肩に背負ったままで、ちらっと腕時計を確認した。あそこに工藤悦矢がいる限りは、身動きが取れないのだ。

だが、ここに立ち往生しているわけにはいかなかった。《刑務所ツアー》のグループは、先に現在の収容棟を見てから、こっちの旧刑務所へと回ることになっている。ぐずぐずしていると、そのグループがこっちに来てしまう。逸《はや》る気持ちから名越を背負ったままでいたが、さすがにそろそろ足腰の負担も大きくなっていた。

額から汗が垂れて来て、倉田はそれを手の甲で拭った。

7

屋外コンサートで一番気になるのは天候だ。雨の中でお客さんを濡《ぬ》れさせるわけにはいかないし、台風等のひどい天候のときには中止もあり得る。

しかし、今日は素晴らしい快晴だった。天候次第で桜の季節でも冷え込むときもあるが、穏やかな春風が運動場を渡っていた。

天童小百合は、早くも今日のコンサートの成功を確信した。

プロとしての緊張感が足りないとか思われるのが嫌で、あまり人には言わないようにしていたが、ここ数年は、最初の数曲を気持ちよく歌い切れたときには、フィナーレまでお客さんと一緒に駆け抜けることができると実感するようになっていた。

武道館のような大箱で一万人以上を相手にしているときのみならず、昔、売れる前に回っていた場末の飲み屋で酔客たちを相手にしていたときだって、一曲目は必ず緊張したものだった。

二曲目になって、やっとその日の自分の調子を推し量れるようになる。そして、上手く自分を調整して、最高の状態に持って行く。そうなったらあとはリラックスして、最後まで自然に歌い切るだけだ。ジャズでいうスイングとかグルーヴの状態に入るのだ。

しかし、予期せぬトラブルが起こるのもまた、生のライブというものだ。

舞台の袖からマネージャーの田中菫が合図を送っていることに気づき、天童小百合はマイクの前を離れて舞台袖へと向かった。北条伸一の生ギターの演奏で、三曲目が終わったところだった。次はフルオケで《青葉城哀歌《あおばじょうあいか》》を演《や》る予定だ。

だが、何か重大な支障が生じたらしいことは、舞台袖に近づいた時点でわかった。菫は、真っ青な顔をしていた。

「すみません、小百合さん……。持って来たフルオケの音源が使えなくなりました」

「どういうこと……?」

小百合はさすがに驚いたが、それでも顔色は変えなかった。コンサート中は、たとえどんなことが起こっても、決して狼狽《うろた》えない訓練ができていた。ましてや舞台袖が客席から見えない普段のステージとは違い、この急ごしらえのステージでは、こうしてやりとりする姿も丸見えになっている。

「タブレットが故障してしまったんです……」

菫は、蚊の鳴くような声で答えた。

普段のコンサートではもちろん、フルバンドの演奏で歌うのが常だったが、地方都市に呼ばれて歌う場合など、大人数で動くわけにはいかないときには、カラオケ音源をマネージャーの田中菫がタブレットに入れて持ち歩いていた。

この関東中央刑務所のオープンデイで行なわれる屋外コンサートは、収益を刑務所の環境改善のために寄付をするチャリティーコンサートだ。できるだけ予算を抑えるため、ギターの演奏者である北条以外は連れず、その他の音源はカラオケで賄《まかな》うことにしていたのだった。

カラオケボックスで使われるのと同じ音源を使用する者もあったが、小百合にはこだわりがあり、きちんとオリジナルの音源を作成していた。

だが、二曲目が終わったあと、それを収めていたタブレットが、突如完全に動かなくなってしまった。モニター画面に何も表示されずどうにもならないと、菫は涙声で告げた。

「大丈夫だから、落ち着いて。予備の音源をUSBに入れてあるでしょ。曲の順番を入れ替えてもう一曲北条さんとふたりでやるから、その間に探し出してここの音響さんに渡してちょうだい」

ところが、小百合がそう指示を出すと、菫は益々青くなった。

「実は、USBも見当たらないんです……。私……、バッグを新しくしたんです。もしかしたら、それでうっかり……」

「え……、それじゃあ、使える音源はまったくないってこと……」

菫は唇を噛んでうつむいた。

こうなると、小百合の決断は速かった。

「大丈夫。うっかりは、誰にでもあるわ。再確認しなかった私にも責任があるもの。今日の曲目リストを見せて」

舞台で歌う順番は、小百合の頭にはしっかり入っている。これはマネージャーの菫が、音源の順番を間違えないために作成したリストだ。

「そしたら、これとこれ、この三曲は、ネットのカラオケをダウンロードして使いましょう。このあとギター演奏の曲をもう一曲つづけるから、その間に準備してちょうだい」

小百合はリストに手早く印をつけた。

「でも、それ以外の曲は……？」

「北条さんに言って、生ギター一本で歌う。前に他のところでやったことがある曲だから、大丈夫よ」

「わかりました……。ありがとうございます……」

そう応じた菫だったが、

「だけど、次の《青葉城哀歌》は……」

はっとし、リストから目を上げ、不安そうにまたたきした。

次の曲目である《青葉城哀歌》は、天童小百合の代表曲のひとつだった。フルオーケストラによって猛烈な盛り上がりを見せるサビが特徴的で、それを歌い切る声量としっかりした音感が要求される曲でもある。

この楽曲には、フルオケの伴奏が不可欠なのだ。

「《青葉城哀歌》は、どうするんでしょう？　他の曲をやるのでしょうか？」

「いいえ、あれをやるわよ」

「でも、伴奏は――？」

「大丈夫」

小百合はにっこりと笑って見せて、舞台の袖を離れた。

中央のマイクへ戻る前に、彼女はギター演奏者の北条伸一に歩み寄った。どうしたのか……、と、視線で問いかけてくる北条に顔を近づけ、その耳元に唇を寄せた。

「タブレットが故障してしまって、予備の音源も手元にないため、このあとの予定を大幅に変えなければならないの。生ギターの演奏が数曲増えるけど、勘弁して」

「構わないさ。追加の出演料として、ビールを一本多く奢ってくれ」

ニヤッと笑って答えた北条だったが、

「二本でも三本でも奢るわ。それとね、次の《青葉城哀歌》で、あれを試そうと思うのだけれど」

小百合がそう告げると、さすがに顔が緊張した。

「本気かい――？」

「もちろん」

「わかった。俺のほうはいいですよ。いつでもござれだ。あとは、歌う本人の覚悟次第だと思ってたが、しかし……、いきなりここであれをやろうとは……」

「なあに、呆《あき》れた？」

「いいや。感心してますよ。さすが天童小百合は、いつでもいい度胸だ」

8

一秒が、一分にも一時間にも感じられた。

やっとたばこを喫《す》い終えた工藤悦矢が背中を向けて歩き出すのを見て、倉田はほっと胸を撫で下ろした。急《せ》く気持ちを抑え込み、相手の気配が完全に消えるのを待ってから、名越を背負い直して講堂を出た。

通路を横切り、ポケットから取り出した鍵で旧収容棟の調理場の裏口を開ける。ここから先は、普段から旧刑務所の見学コースに入っている場所で、今日も《刑務所ツアー》のルートだった。

腕時計で時間を確かめた。庁舎の本部前に集合した午後一番のグループが、まずは現在の収容棟を見て回ったあと、開始から三十分ほどでこの旧収容棟のほうにやって来る。もうあといくらも猶予はなかった。

だが、倉田がいつもの落ち着きを失うことはなかった。念のために耳を澄ますが、人の近づいて来る気配はなかった。

調理場の向こう側を左右に廊下が延びていて、右隣が風呂場だった。手前に脱衣所があり、奥が浴室になっている。普通の銭湯とは造りが異なり、脱衣所から見て右側に洗い場への「入口」が、左側に「出口」がある。服を脱いだ囚人は「入口」の先の洗い場で体を洗い、そこの左にある湯舟に浸かる。その後、さらに左へ回って「出口」を出る。

風呂場の向かいは雑居房で、畳敷きの部屋の片側には私物を置く棚が作りつけられていた。布団は奥の窓際の右側に重ねて置き、左側には厠《かわや》がある。厠は現在の収容棟ではガラス張りの個室になっているが、当時は横に腰の高さまでの壁があるだけだった。

一方、調理場から見て左側には囚人たちが作業をする工場があり、真正面は「中庭」になっていた。すなわち、工場と雑居房とが中庭を間に置いて向かい合っている形だが、これは見学用に造られた配置で、元はともに雑居房だった。

旧講堂より南側を取り壊して現在の収容棟を造ったとき、北側のこの一角を歴史的建造物として残すことになったので、建物の一部を改築し、見学用に雑居房と作業工場を再現し、間を「中庭」としたのだ。

ここが旧刑務所時代も現在も北の外れに当たる。中庭の向こうには、当時のまま、レンガ造りの高い塀が延びていた。

倉田は名越を背負って中庭に降りた。中庭には、一面にコンクリートが敷かれていた。レンガ塀に近い辺りに、本体も煙突も四角いレンガ造りの焼却炉が残っている。コンクリートは雑草対策であとになって敷かれたものだが、焼却炉は当時のものだった。

中庭を横切ってその焼却炉に近づいた倉田は、ベルトに挟んでいた布袋を引っ張り出した。その中に折り畳んで入れておいたブルーシートを焼却炉のすぐ近くに広げ、その上に名越の体を横たえた。

次に布袋からロープを出し、それを持って焼却炉に昇り、煙突の先端部に向かって伸び上がった。煙突の先端部には、雨除《あまよ》けの笠がついている。鉄で作った丈夫なもので、四方の角に取りつけた脚で支えられていた。

強度が充分であることは、前以《もつ》て確認済みだった。倉田はその脚の一本にロープの端を結んだ。もう片方の端には、既に輪っかが作ってある。その輪が、適当な高さになるように調整した。

焼却炉からブルーシートの上へと飛び降りた倉田は、頭に思い描いた手順通り、いったん廊下に戻って工場へ歩いた。見学者が入らないようにと張ったロープを跨《また》いで中へ入り、展示用に設置されている木製の椅子を持って中庭に戻ると、ブルーシートの上に置いた。

気を失って横たわっている名越古彦の顔を見降ろした倉田は、微かなためらいの波が動き出す気配を感じ、それを胸の奥深くへと押し戻した。

さっきしたのと同じやり方で名越を肩に乗せ、椅子に昇った。受刑者たちの手による椅子は作りがしっかりしていて、脚ががたつくようなことはなかった。

椅子の上に立つと、ロープの輪っかがちょうど倉田の顔の高さにあった。そこに名越の首を入れた。名越の顔が倉田の顔の傍に来て、小さな鼻息が聞こえた。名越の体温が、ナイロン製の手袋越しに感じられた。

この男の命は、今、倉田の腕によってのみ支えられている。倉田が力を込めている間だけ、この男の生はつづいているのだ。

力を抜いた。

ロープがきしみ、名越の喉からひとつ息の漏れる音がして、あとは静かになった。

椅子から降り、空を見上げた倉田は、初めて死刑に立ち会った日の空の青さを思い出した。

9

緑地広場の端っこに立ち、前の人の頭の隙間から舞台の天童小百合に熱い視線を送りつつ、綿貫の胸はときめいていた。ちょっと前に彼女が熱唱した《青葉城哀歌》を思い出すと、再び胸の鼓動が大きくなった。

それはコンサートが始まって三曲目が終わったときのことだった。スタッフらしき女性が舞台の袖に現れ、天童小百合は彼女としばらく何か話し込んでいた。スタッフらしき女性の態度から、何かアクシデントが発生したらしいことは遠目にも察しがついた。

そのアクシデントの正体は、じきに天童小百合自身の口から明かされた。舞台の袖を離れて中央へと戻った彼女は、ギター演奏者と何か小声でやりとりしたあと、マイクの前でこんなことを言ったのである。

「私が舞台をあっちに行ったりこっちに来たりしたので、既に勘のいいお客様はおわかりかと思いますが、ちょっとしたトラブルがありました」

会場がざわつくのを前に、小百合は僅かに間を置いた。

「勘の悪い方にでも、何かあったことはわかっちゃいましたか——?」

と、ちょっと砕けた口調でつけ足すことで笑いをつかみ、

「実は、用意して来た伴奏の音源が使えなくなってしまいました。ですから、このあとの楽曲のいくつかは、一般に使われているカラオケ音源で歌います。もしもカラオケで私の歌を楽しんで

くださっている方がおいででしたら、ぜひ御自分の歌と聴き比べてみてください。負けないように、がんばらなくっちゃ」

と、再び笑いを誘い、

「まずはその前にもう一曲、生ギターでやりたいと思います」

さり気なくそう告げてギター演奏が始まった。

アドリブと思われる短い演奏のあと、なんとなく聞き覚えがあるイントロが始まっても、綿貫にはまだ何の曲なのか見当がつかなかった。

他の多くの観客も同様だったのだろう、天童小百合が歌い始めると、低いざわめきが広がった。この曲をギター一本の演奏で聴けるのか……、という驚きが、そこには混じっていた。

天童小百合のファンのみならず、この《青葉城哀歌》を聴いたことがある者ならば誰もが、盛大に盛り上がって行くサビ部分の演奏と、その演奏を軽く凌駕《りょうが》して負けない彼女の歌唱力を印象深く記憶しているからだった。

だが、生ギターに添い、語りかけるようにして《青葉城哀歌》を歌い始めた天童小百合は、サビに至ってもなおその語りかける感じを崩さなかった。

それでも、しかし、彼女の人並み外れた声量は、感情の大きなうねりを生んだ。バックのフル演奏がないことで、逆に彼女の歌声が真っ直ぐ心に突き刺さって来た。

そう感じたのは、綿貫ひとりではないはずだ。演奏が終わったとき、会場は盛大な拍手に包まれていた。

「ありがとうございました。実をいえば、この歌をお客様の前で生ギター一本でやるのは、今日が初めてでした。一度は試してみたいと思いつつ、勇気がなくてできなかったんです。でも、正に怪我の功名というか、新しい《青葉城哀歌》を発見できた気がしているのですが、いかがでしたでしょうか」

そう語りかける彼女からは、この名曲を思い描いた通りに歌い上げたことによる確かな自信が伝わって来た。

興奮冷めやらぬ中、ふと背後を振り向いた綿貫は、緑地広場を横切ってこちらへ近づいて来る倉田の姿に気がついた。

倉田は午前中に見たときと同様に背筋を伸ばして歩いていたが、その足取りはいくらか急いてもいた。

綿貫は倉田の進路へと移動した。片手を上げて微笑みかける綿貫に気づき、倉田が厳《いか》めしい表情を緩めた。

「ああ、どうされましたか?」

と、綿貫のほうから声をかけた。所長として開会の挨拶を行なった倉田は、関係者用のテント席に坐ったのだが、その後、席を立ってどこかへ行ったのを、綿貫は遠目に気づいていた。

「頭痛がしたものですから、所長室に戻って薬を服み、しばらくソファで横になってました」

「そうでしたか……。もう、よろしいんですか?」

「ええ、大丈夫です」

「しかし、そうしたら今日の《青葉城哀歌》を聴き逃してしまいましたか?」

「いいえ、所長室でも風に乗って歌声が聞こえましたし。それに、部屋にはモニターがありましたので」

「そうでしたか。それならばよかった。いやあ、災い転じてとは、このことでしょうね。貴重な初お披露目を聴けたなんて、今日はラッキーでしたよ」

綿貫がそう言って笑いかけたのは、言うまでもなく、未《いま》だ冷めやらぬ感動を倉田と分かち合いたいと思ったためである。

「ええ、確かに……。そうですね……。すみません、指定の席に戻らなければなりませんので、これで――」

だが、どうしたことか倉田はそわそわと応対し、まるで逃げるようにして運動場の入り口へと急いだ。

そのことが、警視庁捜査一課の係長である綿貫にとり、ごく小さな引っかかりとなった。

二章　隠蔽

1

《刑務所ツアー》の午後一番の回は、午前中の回よりもいくらか参加者が少なかった。一回の定員を各回百人にして、五十人のグループをふたつ作り、その二グループが前後して一緒に動く形を取っていた。

　百人で一グループにしなかったのは、収容棟内の見学中、万が一にもトラブルが起こらないようにするためである。各グループに、案内役以外に三人の看守がつき添い、ひとりは案内役の隣に、あとのふたりは列の最後尾に陣取っていた。

　こうしたツアーが、午前と午後に二回ずつ。合計四百人もの人間が、興味を持ってツアーに参加するのかどうか、案内役で看守の坂上和人《さかがみかずと》は内心不安だったが、蓋《ふた》を開けてみると開門直後に午前のツアーは埋まってしまい、それに少し遅れて午後の遅い回のチケットも完売した。天童小百合の屋外コンサートと時間が重なるために空きがあった午後の早い回のチケットもまた、昼前には完売したとのことだった。

　刑務所ツアーは、そのチケットの販売所となった庁舎前の本部付近が集合場所となってスタートした。五十人の参加者が、そこから収容棟の鉄の厚い扉を目指した。

　この扉は、大型の護送車がそのまま入れる大きさがあり、その前に立ったときの威圧感はすごかった。それに圧倒された参加者たちは、その後、雑居房、独居房、各種作業を行なう工場、風呂場、調理場、運動場などを見学して回り、最後に面会棟に至る。もっとも、保安上の観点から、収容棟から面会棟を経て表には出られないようになっているので、最後はまた鉄の巨大な門を通って出る。

　ここまでの過程でおよそ三十分。そのあとは、庁舎と官舎の間を抜けて裏側へと回り、官舎の裏を通って旧刑務所の入り口に至り、ここからがツアー後半のスタートだ。

　とはいえ、旧刑務所の見学エリアはそれほど広くはなく、木造平屋の旧収容棟に入ると、まずは刑務官の詰所と仮眠部屋があり、その奥の左側には風呂場と調理場が、右側には雑居房が並ぶ。その先の中庭を隔てた向かい側が、作業用の工場だ。

　実際にはこのほとんどが、展示用に再現されたものだと和人は聞いていたし、ツアーの参加者たちの誤解を招かないように、その点をきちんと話すようにと指示されていた。

　慣れないツアーガイドの仕事など本当は避けて、案内役の横やグループの最後尾を歩くつき添い役をしたかったのだが、一緒に組む看守たちの中で和人がたまたま最年長だったため、否応《いやおう》なくマイクを握らされるハメになってしまった。

無論のこと現収容エリアのことならば隅から隅までわかってはいたが、それを流暢《りゅうちょう》に、それにできればユーモアも交えて人前で話すとなると別問題だ。昨夜《ゆうべ》は不安でなかなか寝つけなかった。

しかし、何事も一生懸命にやるのが和人のモットーだ。参加者たちに刑務所の暮らしぶりを理解して貰うのに、どんな話をするかについてもきちんと頭をひねっていた。

「朝は六時四十五分に起床します。部屋の掃除、洗面、そして点呼のあと、七時五分から朝食。その後、房を出て作業場に向かいます。八時から十六時四十分まで、間に三、四十分の昼食時間を挟んで作業時間です。運動や個別の面会なども、この間に適宜行ないます。十七時から夕食で、その後二十一時までは自由時間。自由時間の間は布団に寝転んで、テレビを観たり、読書をしたり、手紙を書くなど、各自が自由に過ごせます。入浴は、冬季は週に二回で、夏季は週三回。土日祝日、それに年末年始とお盆には、刑務作業はありません。起床も遅い時間となり、一日中自由時間なので、のんびりと過ごせます」

何を話すかを予め決め、ポイントは手帳にメモも取り、何度も頭の中で反復練習をしてから臨んだので、こういったことを比較的すらすらと話すことができた。

「つまり、想像以上に快適な生活だと御理解いただけると思いますが、かといって決して望んで入って来たりはしないでくださいね」

最後にそうつけ足すと、五十人から一斉《いっせい》に笑いが起こったので、和人は内心ほっと胸を撫で下ろした。

その中でも、ひとり、なんだか気になる参加者がいた。

背の高いショートヘアーの女性が、前のほうで話を聞いていた。年齢は和人と同じ三十前後に見える。

彼女は最前列にしゃしゃり出ることはないが、話を聞きやすい近い場所に陣取り、いつでもとても真剣な顔で和人の話に耳を傾けてくれていた。

（いや、「真剣な」というのは、ちょっと違うのかもしれない。）

和人はその女性のほうをチラッと見て、やっと正確な表現に思い至った。

子供が夢中で話に耳を傾けるときの顔をしているのだ。

それは、しかし、決して彼女が幼く見えるという意味ではなかった。木の葉形の両目は知性的な感じがするし、引き締めた唇は意志の強さを窺わせる。

そんな女性が、純真無垢《むく》な子供のような表情をできるということは、きっと心の真ん中に、とても真っ直ぐなものを持ったままで生きて来たためにちがいない。――和人は、ひとり勝手にそんなことを想像した。

いずれにしろ、これならば話し甲斐《がい》があるというものだ。

坂上和人は、刑務官になってから八年になる。三年間つきあった恋人と別れてから、今年の春で丸四年になってしまった。つまり、つきあっていた期間よりも別れてからのほうが、時間が経ったということだ。

刑務官という仕事にはそれなりのやり甲斐を感じていたが、異性との出会いが少ない職場だという点は否定のしようがなかった。たてまえ上は「強制ではない」とされつつも、いつ何時、非常呼集がかかるかわからない仕事の性質上、大半の職員は官舎暮らしをすることになる。

官舎には食堂やランドリーも備わっていて、不便を感じたことはなく、学生時代の寮生活に通じるようなところもあって孤独を覚えたことなどないのだが、その一方、いつまでも独身寮の部屋で暮らしていることに不安を覚えもするのだ。

そもそも、職場は圧倒的に男の割合が高く、女性との出会いは期待できそうもなかった。女性が採用された場合には、女子刑務所のほうに配属されてしまう。

（なんとかして連絡先を聞き出せないだろうか……。）

官舎の裏側を歩いて旧刑務所の表門を目指しつつ、和人は彼女と親しくなる術を模索したが、そのどれもがただの夢想に過ぎないことはわかっていた。器用に女性に話しかけられるような性格ではないのだ。

旧刑務所の表門が近づいて来たときのことだった。

悲鳴が聞こえたと思ったら、半数ずつに分かれた第一グループを担当した刑務官のひとりが、真っ青な顔で建物内から飛び出して来た。

それは和人よりも少し後輩の刑務官で、ときどき官舎の部屋で酒を酌《く》み交わしたりする仲の男だった。

学生時代にラグビーをやっていた経歴の持ち主であり、和人よりもがっしりとした体格の後輩だったが、それが今はあわてふためき、今にも足をもつれさせそうに見えた。

左右をきょろきょろしながらレンガ造りの表門から飛び出すと、目が合った和人のほうへと一目散に飛んで来た。

「坂上さん、ダメです。中には入らないでください。ツアーは中止です。中庭に、首吊《つ》り死体が……。男が焼却炉の煙突で首を吊って死んでいます……」

両手を広げ、通せんぼの格好をした後輩は、和人に向かってそうまくし立てた。

2

「間違いないのかね――?」

倉田千尋は、ひそめた声で問いかけた。

広場を走り通して来た看守の坂上和人は、まだ息を切らしながら倉田の椅子のすぐ傍にうずくまっていたが、その問いかけにうなずいた。

「はい……、残念ながら……」

旧刑務所にある中庭の焼却炉の煙突にロープをかけ、首を吊った死体が見つかったとの報告を、たった今、この看守から聞かされたところだった。倉田はひとつ深呼吸をした。すぐ傍に顔を寄せている和人から視線をはずし、ステージの天童小百合に一度目をやった。

「とにかく、ここでは天童さんに迷惑がかかる。一緒に出よう。布留川《ふるかわ》さん、どうやらトラブルらしい。一緒に来てくれ」

隣に坐る処遇部長の布留川のほうへと顔を寄せてささやくと、布留川は倉田が耳打ちを受けた時点で既に何事かと注意を払っていたので、無言でうなずき、倉田とともに上半身を低くし、テントの下の椅子の間を移動し始めた。

関東中央刑務所の組織は所長の倉田の下、処遇部、総務部、そして医務課の三つに分かれている。処遇部の中がさらに処遇部門と企画部門に分かれ、処遇部門の第一統括が警備全般及び、各房、留置場を管理し、第二統括が工場就業中の処遇を担当する。企画部門のほうには、作業計画を立案して職業訓練を実行する作業統括と、教育、教誨《きょうかい》、余暇活動などを企画する教育統括、そして受刑者の分類判定、累進処遇、仮釈放審査を行なう分類統括の三つが存在する。

庶務課、会計課、用度課の三つを束ねる総務部と比して人員も多く、いわば刑務所の心臓部を司《つかさど》る部署であり、処遇部長職にある布留川は倉田の右腕である。

「何かあったのでしょうか……。私も御一緒しましょうか」

教育統括部長の菅野が、倉田がその後ろを抜けようとしているときに体をひねって尋ねて来たが、倉田は首を振って見せた。

「いや、菅野さんは今日のオープンデイの運営責任者だ。ここを動かず、天童さんのコンサートに支障が出ないように見守っていてください」

「承知しました」と答える菅野をその場に残し、倉田はテントの背後へと抜けた。

布留川が、「ここは頼むぞ」と菅野に声をかけてそのあとにつづく。布留川は菅野の直接の上司に当たる。

運動場と緑地広場の境界線上に仮設された屋外コンサートの出入り口を出るとすぐ、倉田は体ごと和人のほうへと向き直った。

「坂上君、落ち着いて、状況をもう少しよく聞かせてくれ。きみもその遺体を確認したのかね?」

「はい、確認しました。午後一番の《刑務所ツアー》の参加者が、旧刑務所の見学を始めてじきに発見したんです。大騒ぎになり、私は後方のグループだったのですが、すぐに駆けつけたところ、中庭の焼却炉に男の首吊り死体がぶら下がっていました。見学者の中には、家族連れや幼いお子さんもいたものですから、みなさんショックを受けており大変でした」

「――」

「それにしても、焼却炉など、あの場所にあったかな――?」

布留川が疑問を呈した。

「中庭のレンガ塀寄りに、おそらく旧刑務所時代のものが――。もちろん、現在は使用されていませんが」

「それで、ツアーの参加者は、今はどうしているんだ?」

倉田はそう尋ねることで、話を自分のほうへ引き戻した。

「はい、念のため、チケット購入時に書いていただいた名前と住所に誤りがないかを、改めて確認しているところです。その後は帰っていただいてよろしいでしょうか?」

「それはいい判断だった。改めて話を聞く必要があるかもしれない。必ず全員の連絡先を確かめた上で、帰っていただいてくれ」

「実は参加者に警視庁の女性刑事さんがいて、その人が手際よく手配してくださったんです」

「刑事が……」

「はい。花房京子さんという方でした。背の高い、ショートヘアーの……」

倉田は今日の午前中に出会った、背の高い女性刑事を思い出した。

「歩きながら話そう。遺体の身元はわかったのか?」

手振りでふたりに歩くように促しつつ、次の質問を発した。

「ポケットに財布があり、その中に保険証が見つかりましたのでわかりました。首を吊っていたのは、うちに収容されていた元囚人で、名越古彦という男でした。データで顔も確認しましたので、間違いありません」

「名越古彦……」

と、倉田は口の中で名前を転がした。

「ああ、覚えているよ。たしか三カ月前に出所した男だ。名前の読み方は『ふるひこ』ではなく、『ひさひこ』だったはずだ」

「ああ、私も覚えています。そうか……、あの男が……」

布留川が言った。処遇部門の責任者である布留川も、所長とともに、受刑者の出所に立ち会うのだ。

「もしかしたら社会生活への復帰が上手くいかなくて、首を吊ったのかもしれませんね……。それにしても、どうして刑務所のあんな場所を選んで……」

「まあ、結論を急がず、ゆっくり考えることにしましょう」

倉田はそう応じたものの、布留川の口からこういった推論が出ることに、密かに胸を撫で下ろした。この事件はあくまでも、出所した受刑者が、社会生活に適応できず、発作的に首を吊ったに過ぎないのだ。

庁舎の正面口に設けられた本部テントに詰めている職員たちが、駐車場を横切って行く倉田たちへと目を向けて来る。既に何か耳に入っているか、そうでないにしろ何か異常が起こった雰囲気を感じているのだろう、誰もが事問いたげな顔つきをしていた。

倉田は彼らに目顔《めがお》でうなずくにとどめ、歩く速度を落とさなかった。

だが、そうして庁舎の前を横切ろうとする倉田を、坂上和人がとめた。

「所長、こっちのほうが早いです。庁舎と官舎の間を抜けましょう。《刑務所ツアー》でも、ここを通りました」

官舎は駐車場側の建物部分を底辺とした逆L字形をしており、南東の角を起点にして、駐車場と表の幹線道路にそれぞれ南側と東側を面していた。確かに和人が指摘した通り、官舎の外側を回るよりも、庁舎との間を抜けて直接北に向かったほうが早い。

進行方向を変える倉田たちを、本部テントにいる職員たちが益々訝《いぶか》しげに見ている。庁舎と官舎の間を抜け、左側に旧刑務所の講堂を見ながら進んだ。

官舎の北の端までたどり着くと、今度は右斜め前に「物産館」の建物があり、左側は少し距離を置いた先が旧刑務所のレンガ造りの門だった。その門から奥が、普段から見学コースになっている。

もっともこの門は見学用に造られたイミテーションで、左右に高い壁はなく、門を正面として左奥にはかつての講堂の建物が、右奥には収容棟の建物が直接見えた。収容棟のさらに右側には、かつては本当に囚人たちを社会から隔てていた高さ三メートルほどのレンガ壁が、歴史的遺物として保存されて残っている。

「こっちです」

坂上和人が倉田たちを先導し、収容棟の前を通ってその高いレンガ塀との間を入った。幅二間ほどある通り道に、桜が数本、一定間隔で並んでいた。

その先が中庭だった。レンガ壁に近い辺りに、昔の刑務所時代の焼却炉が残っていて、その焼却炉の煙突から名越古彦の体がぶら下がっていた。

その姿を目にし、倉田は思わず息を呑んだ。それは、演技ではなかった。予期せぬ心のざわめきが起こっていた。そうか……、自分は、人を殺したのだ……。

倉田と布留川は、死体の前に並んで立った。焼却炉の煙突からぶら下がった名越古彦の青ざめた顔が、ふたりの顔からやや高いぐらいの位置にあった。

「ああ、何ていうことだ……。こんなところで首を吊るとは――」

布留川が、声をかすれさせた。その声や表情からは、死人を目にしたショックよりもむしろ、刑務所の敷地内でこんなことが起こったことへの困惑のほうが強く感じられた。

几帳面で、そして、保守的でもある処遇部長の布留川の考えていることが、倉田には手に取るように理解できた。この男は今、問題を最小限にとどめ、そして、刑務所の評判を落とさないことを真っ先に考えている。いや、そのことだけを考えているのだ。

「どう見てもこれは自殺ですね」

布留川が言った。

「うむ、その可能性が高いかもしれないな」

倉田は慎重な言い方で同意を示した。

「それにしても、なんで刑務所に戻って自殺など……」

布留川が低くつぶやく口調からは、迷惑を被《こうむ》ったことへの微かな怒りが感じられた。

「名越古彦の資料を、至急調べてくれ。服役中、何か特筆される記録がなかったかどうかを知りたい」

倉田は、坂上和人に命じた。

「承知しました」

と答えた和人だったが、それだけでは感情が収まらなかったらしく、さらに言葉が溢《あふ》れ出した。

「それにしても、なぜ首を吊ったりしたんでしょう……。せっかく務めを終えて娑婆に戻ったというのに……」

布留川のみならず、この若い刑務官もまた自殺と判断しているらしいことに、倉田はそっと胸を撫で下ろした。これはあくまでも自殺なのだ。その線で淡々と進め、処理を済ませることが望ましい。

倉田は重々しくうなずき、

「もしかしたら、それが重荷だったのかもしれないな」

自分の口からも、こうした意見を口にしておいても良いように思われた。

「出所したことが、ですか――？」

問いかけに、倉田みずからが答える必要はなかった。

「受刑者の中には、刑務所のほうが生きやすい人間がいるんだ」

布留川が言った。「娑婆に出ても、家族もいないし友人もいないような人間にとっては、刑務所こそが温かで暮らしやすい場所なのさ」

「なるほど……」

と、和人が遺体を見上げる。

「そうだとしたら、痛ましいことだ……。名越の生活ぶりが知りたいな。保護司《ほごし》の先生に連絡を取ってください」

倉田は和人に命じ、

「ところで、医務課の吉村《よしむら》先生には？」

さらにそう問いかけた。

「はい、連絡済みです。もうすぐ見えると思います」

「写真撮りは？」

「いえ、まだです」

「そうしたら、早速始めてください」

倉田がそう命じたとき、

「ちょっと、困ります……。ここには来ないでください」

布留川の視線が動き、声を上げた。倉田が振り向くと、背の高いショートヘアーの女性が、中庭の端に立っていた。午前中に綿貫から紹介された、警視庁の花房京子だった。

倉田は、微かな不安を感じた。だが、それはこの目の前の女性刑事に対するものではなく、彼女の上司である綿貫へのものだった。昔馴染みのあの刑事が、今日のオープンデイに来ていることが、今度の計画にとって何か不利に働くことが危惧されたのである。

綿貫はまだ、天童小百合の屋外コンサートを聴いていることだろう。だが、この部下の女性刑事から連絡を受ければ、この場に飛んで来るかもしれない。いや、既に連絡を受けているかもしれない。

刑事になって数年目だったときの、真っ直ぐな情熱で事件の解決を目指していた綿貫の姿を、倉田は鮮明に覚えていた。道こそ違え、自分もまた真摯《しんし》な気持ちで毎日の仕事に臨みたい。年下の若い刑事と出会うことで、倉田も改めてそう思ったものだった。

「ああ、その人はいいんだ。警視庁の刑事さんだ」

倉田は戸惑いを押し隠し、彼女のほうへと小走りで向かいかける布留川をとめた。

「刑事さん、ですか……？」

布留川が怪訝そうにして、倉田と京子の顔を交互に見つめた。

「はい。たまたま《刑務所ツアー》に加わっていたものですから」

「坂上から聞きました。花房さんの発案で、ツアーの参加者たちの連絡先を確認したそうですね。ありがとうございました」

倉田は言い、頭を下げた。

「いえ、事件が起こったときの通常の手段ですので。ところで、遺体の身元は――？　お話しされているのがちょっと漏れ聞こえたのですが、元受刑者ですか――？」

倉田が自分で答えることにした。

「名越古彦。ここに三カ月ほど前まで服役していた元受刑者です」

「そうですか……。そうした男性が、ここで首吊りを――？」

「ええ。びっくりしました……。しかし、所謂《いわゆる》、娑婆での日常生活に、スムーズに順応することができなかったのかもしれません」

倉田に代わって布留川が答え、ちょっと前に述べたのと同じ感想を口にした。

花房京子は、うなずきながらそれを黙って聞いていた。まだ若いのに、案外と場数を踏んだ刑事らしく、死体を前にしても落ち着いている。

そのとき、白衣姿の吉村が姿を現した。小柄だが、筋肉質のがっしりした男だった。年齢は倉田より少し下だが、軽い猫毛がすっかり禿《は》げ上がっていた。

「ああ、吉村先生が今見えました」

「いやあ、参りましたな。こんな日に、まさか首吊りとは……。ま、とにかく状態を見てみましょう」

吉村は言うと、一緒に来た刑務官に命じて、遺体の近くにブルーシートを広げた。さらには、別の刑務官が持って来た脚立を立てた。

吉村はそこに乗り、死体の顔に顔を近づけて点検を始めた。特に首に食い込んだロープの様子を詳しく見ていた。

「写真撮りは？」

「はい、まだ途中です」

和人が答え、数人の刑務官とともに手分けして写真撮りを再開した。

「首の様子は、詳しく撮影しておいてくれ」

と、吉村が指示を出す。

花房京子は、それをどことなく落ち着きが悪そうな様子で見ていたが、

「そうしたら、三人がかりでそっと遺体を下ろしてください。ふたりが体を支え、もうひとりが

首からロープを抜き取るんだ。全員、手袋を忘れずに」

一通り写真撮影が終わり、医師が今度はそう指示を始めると、あわてて口を挟んで来た。

「ちょっとよろしいでしょうか。検視は、こちらの先生が行なうのですか?」

吉村が、不審そうに京子を見つめ返す。

「ええ、私がしますよ。この関東中央刑務所の医務課におります、医師の吉村と申します。ええと、失礼ですが、あなたは?」

「警視庁の花房京子さんです」

坂上和人が、本人に代わってそう説明した。

「それにしても……、ちょっとお待ちになってください。所轄への通報は? 警察官が立ち会わずに遺体を動かすことはできないと思うのですが」

花房京子の発言を聞き、布留川と吉村が顔を見合わせてから倉田のほうを向いた。所長である倉田に、説明役を譲ったのだ。

「刑務所内で起こった事件は、特別司法警察職員の資格を持つ刑務官が調べることになっているんです。基本的には、鉄道や空港などと同じ制度です」

「あら……、そうなんですか……」

花房京子は、木の葉形の両目をぱちくりさせた。

「はい、大型の刑務所では、だいたい三人、それ以下の刑務所でも最低ふたりは特別司法警察職員が任官されています。所長は必ずこの資格を有します。加えてうちの場合は、処遇部門の責任者である布留川と、こちらの坂上が任務に当たります」

倉田はそう説明し、布留川と和人のふたりを改めて紹介した。

「そうすると、倉田さんが捜査の指揮を？」

「そうですね。私が捜査の責任者です。必要があると判断した場合には、私から所轄の警察署に捜査協力を依頼しますが、元受刑者が首を吊って自殺したのであれば、その必要はないはずです」

「なるほど、そうでしたか——。それは何も存じ上げずに、失礼いたしました」

「いいえ、刑務所は社会から孤立した世界ですからね。たとえ刑事さんでも、知らないことがあって当然です」

倉田は穏やかに応じた。そんなふうにすると、細かいしわが目尻から放射状に広がり、温かな表情になる男だった。

「それでは、よろしいでしょうか」

「はい、もちろんです」

「そうしたら、そっと死体を下ろしてくれ」

倉田の目配せを受けた布留川の命令で、坂上和人を含む大勢の刑務官たちが一斉に動きかけたが、

「あのぉ。もうひとつだけよろしいでしょうか」

花房京子が再びそれをとめた。

「何でしょう」と問い返す布留川の口調は、決して友好的なものではなかった。部外者を排除する気持ちが、あからさまに滲《にじ》んでいる。

だが、彼女はそうしたことは意に介さないらしく、

「死体に近づくのは、最小限の数にされてはいかがでしょうか。それと、せめて所轄から鑑識を呼び、死体周辺の足跡採取は行なったほうがいいと思うのですが」

「足跡採取ですか?」

「はい、御存じとは思いますが、たとえコンクリート等の上でも、専用液を使い、ALSと呼ばれる科学捜査用ライトを当てればゲソ痕《こん》が採取できます」

「ああ、『潜在足跡』というやつですね。もちろん、それは存じてますよ——。しかし、首吊りの自殺死体に対して、はたしてそこまでのことが必要かどうか……」

布留川は不機嫌そうに応じつつ、判断を仰ぐ目を倉田に向けた。

倉田はそれほど迷わなかった。こうした意見が出されることを予め考慮し、そのために名越の靴を履き、焼却炉の近くにブルーシートを敷いたのだ。足跡採取の範囲を焼却炉の周辺に限っておけば、自殺を疑わせる要素は何も出ない。

「そうですね。もっともな意見です。まだ、自殺と決まったわけではありません。念のため、担当所轄に連絡して協力を要請し、死体周辺の足跡採取を頼みましょう」

「では、今度は本当によろしいですね。遺体を下ろしますよ」

布留川がわざわざそう念を押したのは、暗に花房京子に対して、これ以上の口出しは無用と言いたいらしかった。

刑務官がふたりがかりで遺体の腰の辺りを支え、特別司法警察職員でもある坂上和人が名越の首からロープを抜き取った。

彼らがそっと遺体をブルーシートの上に仰向《あおむ》けにすると、吉村がその傍らに立膝をつき、真っ先に首のロープを検め始めた。他の者たちはその周囲を取り囲み、じっと吉村の手元を凝視する。

「このロープによる索条痕《さくじようこん》以外には見当たりませんね。首吊りに使用されたロープと首の索条痕はぴったりと一致します」

吉村は、まずそう断言した。これは、第三者の手によって首を絞められたのちに、偽装工作が行なわれた可能性を否定したものである。

「あら、でも、その索条痕の下に小さな痣《あざ》が——。吉村先生、それは痣ではないですか？」

花房京子が指摘し、吉村は彼女のほうをちらっと見てからその箇所を点検した。

「確かに痣のように見えますね。これについては、医務室に遺体を移してから詳しく調べて御報告いたします」

と、所長の倉田に告げた。

「お願いします」

「それに、頭髪に小さな白い粉がついているように見えるのですが」

京子がさらにそう指摘するに及び、ついには処遇部長の布留川が声を荒らげた。

「花房さんと仰《おつしや》いましたね。ちょっと前に所長が御説明した通り、ここの捜査権は我々にあります。一々口出しするのは控えていただけませんか」

言葉遣いこそ丁寧に保っているものの、声にははっきりと怒気が含まれていた。頼りにしている部下ではあったが、倉田からすると短気なところがあるように見える男だ。

だが、こうした場合には、この男の存在が貴重に思えた。首の痣は、名越の気を失わせるために放った突きによるものだろう。頭髪についた白い粉のほうは、いったい何なのか……。

「申し訳ありません……。つい、いつもの癖で――。でも、もしかしたら粉ではなく、何かの細かい破片かもしれませんね」

花房京子は首をすくめて詫びたものの、そんなことを言い足した。まるで幼い子供のように、自分が興味を持った対象へと真っ直ぐに突き進む女性らしかった。布留川が、苦虫を嚙み潰したような顔をした。

倉田は、近づいて来る綿貫に気がついた。布留川が、さっき花房京子にしたのと同様に動きかけるが、

「ああ、その人もいいんだ」

倉田は先んじて声をかけた。

「警視庁の刑事さんで、この女性刑事さんの上司です」

「すまんな。ちょっと前にボイスメッセを聞いたんだ。天童さんの歌声に夢中で、電話に気づかなかった」

綿貫は花房京子にそう告げてから、倉田たちのほうに向き直った。

「事件だそうですね。首吊りですか――。刑務所内で起こった事件は、所長さんたちに捜査権があると思いますが、もしも何かお手伝いできることがあったら、ぜひ仰ってください」

「ありがとうございます。しかし、我々で対処できると思いますので、お気遣いは無用です」

倉田は、丁寧にその申し出を断った。

（今夜なのか、それとも、明日《あした》なのか……。）

小一時間後――。所長室の端末で看守たちの担当勤務表を睨みながら、倉田千尋はじっと考え込んでいた。

工藤悦矢があのヤクザ風の男から受け取ったドラッグを、絶対に受刑者の誰かに渡させてはならないのだ。

（しかし、それにはいったいどうするべきなのか……。）

名指しで工藤を呼びつけ、問い詰めることはできなかった。工藤悦矢は、昨日今日刑務官になったような駆け出しとは違う。長年にわたって多くの受刑者たちを相手にしてきたことで、酸いも甘いも嚙み分けるヴェテランの看守長だ。問い詰めたところで、シラを切るだけで口を割るはずがなかった。

そもそも口を割らせるのには、工藤がヤクザ者から怪しいドラッグを受け取った事実を突きつけなければならないが、そんなことができるわけがないのだ。あの時間にあの場所で目撃したことを告げられるわけがなかった。しかし、一刻も早く何らかの手を打たなければ……。

受刑者の中に、刑務官の工藤を使い、ドラッグを収容棟に持ち込ませようとしている者がいる。その何者かは、天童小百合のコンサートの余韻が残るうちにドラッグを楽しむつもりでいる公算が高いのではないか。――それが、倉田の導き出した推論だった。だとしたら、今夜か明晩だ。

模範囚の三十五人は運動場で天童小百合の歌声を直接聴いたが、他の受刑者たちだって、収容エリア内の講堂に映し出されたスクリーンでコンサートを楽しんだのだ。その誰もが、今夜はその影響で興奮しているのは間違いなかった。

ドラッグの助けを借りてその興奮を長引かせ、別の楽しみへと発展させることを考える者が出ても不思議ではない。夜間になってからこっそりと看守の目を盗んで楽しもうとする不心得者が、どこかにいる。

だからこそ、このオープンデイの日を狙って、あのヤクザ者がわざわざここを訪ね、息がかかった看守である工藤にドラッグを手渡したにちがいない。

ぐずぐずしている時間はないのだ。

(だが、いったいどうすれば……。)

夕食の配膳時間が要注意だが、それ以外の時間でも、看守長である工藤ならば、何か理由をつけて受刑者を呼び出し、ドラッグをこっそりと握らせることなど簡単なはずだ。

工藤を今夜の担当から外すのが、最も効果的な対応にちがいない。その上で、素行調査も徹底する。——だが、そんなことをすれば、当然「なぜ」という疑問が生じるだろう。

今夜、工藤が担当するエリアについて注意を喚起するよう、誰か工藤以外のヴェテラン看守長を呼んで指示を出すのはどうだろう。——しかし、それでも「なぜ」との疑問を生むだろうことには変わらない……。

結局のところ、今夜の当番たちを一堂に集め、オープンデイで受刑者たちの中には落ち着きをなくしている者もいるからと、注意を喚起するぐらいしかできないのだろうか。——しかし、それでは何もしないに等しいではないか。

端末を睨み、自問自答を繰り返していた倉田の脳裏に、滲み出すようにしてひとつの言葉が浮かんで来た。

（保身――。）

倉田の最も嫌いな言葉のひとつだった。憎むべき卑《いや》しい行動なのだ。だが、今、自分はそれをせざるを得ない。隠し事を持つとは、こういうことなのか……。

ノックの音がし、倉田は物思いから引き戻された。知らないうちに、首筋から背中にかけて、嫌な汗をかいていた。

「はい、どうぞ」と応じると、ドアが開き、あののっぽでショートヘアーの女性刑事が姿を見せた。花房京子だ。

倉田は、はっとして居住まいを正した。特別に秘書のようなものは置いていないが、外部の人間が所長室を訪ねるのには、必ず総務部を通してアポを取るのが通例だったので、突然の訪問に軽い戸惑いを覚えていた。そもそも、帰ったとばかり思っていたのに、いったいどこで何をしていたのだろう……。

「ちょっとよろしいでしょうか。実は、倉田さんに御意見をうかがいたいことがありまして。でも、お仕事中でしたか？」

京子は倉田の態度に一瞬気後れしたのか、戸口に立ったままで訊いて来た。

「いや、ただ事務的な確認を行なっていただけですので、大丈夫ですよ。ただ、こういうことが起こったものですからね。今から刑務官たちを一堂に集め、気を引き締めて今夜の業務に当たるように釘《くぎ》を刺すつもりでした。ですから、それほど時間はありませんが」

「なるほど、そうしたら手早く済ませますので、少しだけお願いします」

「わかりました。どうぞ。まあ、お坐りになってください」

倉田は手で応接ソファを勧め、端末の電源を切って執務デスクを離れた。

「綿貫さんはどうされました？」

後ろ手にドアを閉め、ソファへと向かう京子に訊いた。

「はい、引き揚げました。今日は久々の非番なものですから、家族で夕食に出る約束があるそうで」

「そうでしたか。刑事さんも激務だとは思いますが、家族孝行は大事ですよ。私などは、亡くなった妻に迷惑をかけっぱなしでした」

倉田は京子の向かいに腰を下ろしながら言った。

「刑務官は、あちこち転任なさるのですね」

「ええ。それに、仕事がら、官舎住まいを強《し》いられます。我々には子供がなかったものですから、妻はどこにでもついて来てくれましたが、官舎には単身赴任の者もあれば、家族連れもおります。所長の妻という立場で、あれこれと気を遣うことも多かったと思いますよ。さて、それでどういう御用件でしょう？」

と、倉田は話を促した。こうして会話をしていても、工藤悦矢の件が頭から離れようとしなかった。

「実は、他でもない。名越古彦がなぜあの時刻にあの場所で首をくくったのかが、少し引っかかっているんです」

倉田は思わず女性刑事の顔を見つめ返した。この女性刑事は、いったい何を言い出すのだろう……。

「それは……、また、どういうことでしょう……?」

「あの中庭へとつづく高いレンガ塀沿いの通路には、桜が何本か植わっていました。中庭を越えた先にもです。名越古彦は、なぜそういった桜の一本で首を吊らず、わざわざ焼却炉の煙突をみずからの死に場所に選んだのかが疑問なんです」

「――」

「中庭へ行くのには、必ずあのレンガ塀沿いの通路を通ります。名越さんは、満開の桜の下を通ってあそこへ行ったと考えられます。普通ならば、そうした桜を死に場所に選ぶように思うんです」

「なるほど……、それは一理ありますね。しかし、人の気持ちというのは、なかなか理屈では推し量れないものがありますから……。こう考えてみたら、どうでしょう。あの桜の木々の下を歩いている間には、死ぬ踏ん切りがつかなかった。しかし、中庭に至り、いよいよ死のうと思った」

「そうですね。確かにそうかもしれません……」

花房京子はそう言ってうなずいたものの、まだ何か引っかかっているのは間違いなかった。

「しかし、時間のほうはどうでしょうか? なぜあの時間に、あの中庭を選んだのでしょう。午後一番の《刑務所ツアー》が既に始まっていて、そのコースにはあの旧刑務所の収容棟も入っていることは、名越さんだってわかったはずです。もしもツアーの参加者がやって来れば、自殺するのをとめられてしまったかもしれません」

「ちょっと待ってください。名越がどうしてツアーの時間やコースを知っていたとわかるんです？」

「旧刑務所の門や庁舎前の本部などあちこちに、《刑務所ツアー》の予定とコースを大きく書いた立て看板がありましたので」

「なるほど……、名越はそれを見たはずだと言うのですね。しかし、自殺を企《くわだ》てようとしている人間が、たとえそれを見たとしても、頭で理解したかどうかわかりませんよ。自殺を企てる人間の気持ちが、平常の状態にあったとは思えません」

「それもそうでしょう。しかし、それに付随して、もうひとつ気になることがありまして、旧刑務所の表門のすぐ傍に、《物産館》がありますね」

「ええ。現在服役中の受刑者たちが作った品を売っています」

「旧刑務所へ行くのには、あの前を通らなければなりませんが、名越さんの姿を見かけた人が誰もいないんです」

倉田は、思わず花房京子の顔を見つめ返した。

「確かめたのですか？」

「はい。念のために」

刑務所の敷地内で勝手な行動を取っていた女性刑事に対して怒りが涌《わ》いたが、倉田はそれを抑え込んだ。

「もしかしたら、物産館の前を通らなかったのかもしれませんよ」

　いつもの穏やかな口調で告げた。

「どういうことでしょう?」

「報《しら》せを受けてあそこの中庭に駆けつけたとき、私たちは庁舎と官舎の間を抜けて旧刑務所へと向かいました。官舎の外側を回ると遠回りになると判断したんです」

「なるほど、名越さんも、同様にしたと仰るんですね。確かに、私たちツアーの参加者も、現在の収容棟を見学したあと、そこを抜けて旧刑務所のほうへ向かいました。しかし、庁舎の玄関前には、今日のオープンデイの運営本部がテントを張っていましたね。あそこには常時職員の方が詰めていたはずなので、名越さんが官舎と庁舎の間を抜けたのだとしたら見ていたはずなんです」

「なるほど。そう仰るということは、本部テントにいた職員たちにも既に確認済みなのですな」

「はい、確認しました。しかし、それらしい男は見ていないと」

「そうでしたか……」

(もしも布留川がこの場にいたら、この女性にどんな言葉を浴びせるだろう……。)

　そんなことを思いながら、倉田は落ち着きを保った。

「そうしたら、残念ですが、職員たちが見過ごしたということでしょうね。現に名越古彦はあの場で首を吊っていて、あの中庭へと出入りできるルートはそのふたつしかありません。物産館の前を通るか、もしくは官舎と庁舎の間を抜ける以外にはありませんので」

　そう言っていったん言葉を切りかけたが、もう少しつづけることにした。

「なにしろ、あの賑わいで、職員たちは全員が応対に追われてばたばたしていました。物産館に詰めていた者もそうでしょうし、ましてや本部はてんやわんやの状態だったと思います。名越古彦が通り過ぎるのをうっかり見過ごしたとしても、不思議はないように思いますが」

花房京子は、やっと納得したようだった。

「名越古彦というのは、どういった男だったのでしょう……。自殺しそうな人でしたか？　服役中にも、何かそういった兆候が？」

だが、次にそう質問を向けられ、倉田は微かな戸惑いを感じた。まさか、この女性刑事は、名越古彦が首吊り自殺をしたこと自体に疑問を持っているのだろうか……。

「いいえ、特にそういった記録はありません。さっき読み直しましたが、他の受刑者との間で何かもめ事を起こしたこともありませんし、模範囚ですよ。出所準備期間中に、娑婆に出ることに対して不安を訴える受刑者もいるのですが、そういった言動も記録されていませんでした」

「警視庁のデータを調べたのですが、名越古彦は詐欺と業務上横領等で逮捕されたのでしたね」

花房京子はそう言いながらタブレットを取り出し、倉田の前で操作した。記録を読み上げようとしているのだと察し、倉田が先んじて述べることにした。

「私も先程、記録を読み直しましたよ。行政書士だった名越は、福祉事務所に勤める知人と結託して成年後見制度を悪用し、知的障害者や認知症を患う老人などの財産を盗んでいました。詐欺、横領、それに有印私文書偽造等、複数の犯罪で起訴され、懲役七年の判決を受けたはずです。それが何か？」

「いわば、弱者を食いものにしていたわけですね。そうした男が、みずから命を絶つものでしょうか？　私には、いささか疑問なのですが……」

「ううん、それは何とも言えませんね。弱者を食いものにしていた男が、刑期を終えて社会に出たとたん、自身が弱者に転落していることに気がついた。そういうことではないでしょうか。前科者が社会で生きていくというのは、並大抵のことではないと思うんです。受刑者たちの社会復帰がよりスムーズにできるように、刑務所のプログラムをもう一度よく検討してみます」

花房京子は「はい。なるほど」とうなずいたが、相変わらず何か腑に落ちないものを抱えている様子は変わらなかった。この女性刑事は、何か疑問に思うことがあると、こうして相手に食らいつくタイプらしい。

「それでは、そろそろよろしいですか？」

倉田はついにそう言って腰を浮かしかけた。

「お忙しい中でお時間を取っていただいて、申し訳ありません。あと一点だけ。医師の吉村先生の所見は？」

「いや、それはまだです」

そう答えた正にそのとき、ドアにノックの音がして、倉田は嫌な予感に襲われた。吉村に、一応の所見が整ったら、報告をして欲しいと頼んでおいたのだ。

案の定、処遇部長の布留川が、医師の吉村を連れて部屋に入って来た。

「吉村先生に遺体を調べて貰いました。それで、御報告に上がったのですが――」

布留川は、ドアを開けるなりそう口にしたが、その後の言葉を押しとどめて花房京子へ目を向けた。

「失礼しました。来客中でしたか。少しして出直しましょうか」

改めてそう言い直す顔つきが、暗に何を言いたいかを示していた。これは刑務所内で起こった事件なのだ。部外者である警視庁の女性刑事を、いつまでも関わらせておくべきではない。

しかし、倉田の中に別の判断が働いた。名越古彦が縊死《いし》したことは間違いないのだから、その点を医師の吉村の口からこの女性刑事に伝えて貰ったほうがいい。そうすれば、彼女の抱えたわだかまりも消えるはずだ。

「いや、どうぞ。入ってください」

倉田は、布留川たちを招き入れた。

「では、お邪魔いたします」

布留川は倉田に礼儀正しく頭を下げてから、あからさまに嫌そうな顔を彼女へ向けた。

「まだいらしたのですか?」

だが、花房京子という女性刑事は、めげない性格らしかった。

「はい、少し疑問に思うことがあったものですから、その点を倉田所長にうかがっておりました」

「刑事さん、所長は忙しい身なんです。お会いになるときは、総務部を通していただけませんでしょうか?」

「申し訳ありません。今後は気をつけることにいたします」

布留川は何か言い返そうとしてやめ、

「所長、吉村先生の所見によると、やはり名越古彦は自殺ですね」

顔の向きを倉田へと戻してそう断言した。

「ま、どうぞ、お坐りになって。では、お聞かせください」

倉田はふたりが坐るのを待って、先を促した。

「それでは申し上げます。前頸部《ぜんけい》から側頸部《そくけい》にかけて、斜め上方に向かう索条痕が顕著でした。そして、その索条痕は、遺体の首にまきついていたロープの形状と完全に一致しました。また、両目には顕著な溢血点《いっけってん》があり、顔面も鬱血《うっけつ》しています。これは縊死によって生じたものと推察されます。名越古彦の死因は、首吊りによる縊死です」

「早速、私のほうからマスコミ各社に連絡をいたします。それでよろしいでしょうか」

吉村が断言するのを受け、布留川が言った。

「首筋の痣についてはどうでしたか?」

そう尋ねる京子のほうへと、吉村が顔を向ける。

「あれはやはり内出血の痕でした。何かの衝撃を受けて、いわゆる痣ができたんです」

「つまり、生前にできたものだということですね?」

「ええ。血液の凝固があることを確認したので、生前に生じたもので間違いありません」

皮下出血はいわゆる「生活反応」のひとつで、死後には生じない。場合によっては死斑《しはん》と紛らわしいケースもあるが、その場合は該当箇所の血液を調べて凝固が確認されれば生前のものだと断定される。今回、吉村は念のためにその確認を行なったのである。

「しかし、それが名越古彦の死因と関係しているとは限りませんよ」

布留川が言った。

「ですが、どうでしょう。首の動脈を強く突かれると、意識を失うと思うのですが」

「確かに、場合によっては気絶しますね。ただし、それは的確に動脈を突いた場合です」

「今回は、どうでしたか？」

「突いていました……」

吉村はそう答えたのち、ちらっと倉田のほうを見てさらにつづけた。

「しかし、それが気を失うほどのものだったかどうかは、わかりません。したがって、今、布留川さんも仰いましたが、痣が生じたことが名越古彦の死にどう関わっているかは、私の口からは何とも申し上げられません。医師の立場から言えることは、名越古彦の死因は縊死で間違いないということです」

倉田は黙ってうなずき、了解したことを示した。

別段、ふたりと何かの打ち合わせをしたわけではないが、布留川がついている以上、医師の吉村の口からこうした報告が聞けることは予め想像できたのだ。

「花房さんの御指摘により、あの場ですぐ所轄の鑑識に協力を仰ぎ、潜在足跡を採取したのはよかったですよ。焼却炉の周辺から採取された新しい足跡は、名越のものだけでした。その点からも、自殺以外には考えられません」

布留川が言い、皮肉な形に唇を歪めた。

「それでは、プレスへの発表は、その方向でよろしいですね」

と、改めて倉田に同意を求めるも、

「名越古彦の頭髪についていた白い粉については、正体がわかったのでしょうか？」

花房京子は引き下がらなかった。そう言って、倉田と布留川の顔を交互に見つめる。

布留川が口を開きかけるのを、倉田は手で制した。

「それはまだ、所轄からの報告待ちです。しかし、あとは我々にお任せになってください。刑務所内で起こった事件は、我々で的確な判断を下します。布留川さん、それではプレスに対しては、自殺ということで発表をお願いします」

そして、この関東中央刑務所の責任者として、当然の発言を口にした。

4

坂上和人はアパートの建物を見渡してから、スマホの地図アプリで念のためにもう一度現在地を確かめた。それは、緊張を解くための行為だった。

刑務官として受刑者たちに接する場合に於《お》いては、もう滅多なことでは緊張しないが、今日の任務は違った。名越古彦を担当する保護司の小島史雄《こじまふみお》とここで待ち合わせていた。待ち合わせの時間までは、まだ二十分以上ある。もしも途中の道が混んだ場合に備えて、早めに官舎を出てやって来たのである。

いつも着ている制服とは違い、スーツは前が開いているため、ワイシャツに当たる春風がすうすうした。アパートは、新建材の外壁の二階建てだった。シャレた感じの出窓が各部屋についているが、その斜め下にはエアコンの室外機が並び、出窓のシャレた印象を相殺してしまっていた。

最寄駅まで少し距離がある場所のため、自転車置き場は広めに造られていたが、駐車場はなかった。ここと同じ独り者をターゲットにしたと推察される造りのアパートが付近に点在する一方、畑や、土地をゆったりと使った一戸建ても目立つエリアだった。

「坂上さん」

背後から女性に呼ばれて振り向き、和人は驚いた。警視庁の花房京子が、こちらに近づいて来るところだった。

今日の彼女は、オープンデイにやって来た昨日とは違い、グレーのパンツスーツ姿だった。シャツには目立たないぐらいにうっすらとピンク色が入っているが、全体に地味で、いかにも「男社会」の警察で働く女性といった感じがする。

「ああ、昨日はどうも……。どうしてここに……？」

和人は驚き、どぎまぎしつつ、そう尋ねた。警視庁の刑事がこうしてやって来たのだから、昨日の事件を調べているということなのか……。そうだとしたら、どうして調べているのだろう……。

それはそれとして、もう二度と会えないと思っていた彼女と再会できたことに、じんわりと喜びが広がって来る。

「はい、ちょっと事件のことが気になったものですから。念のため、名越古彦さんの生活ぶりを調べてみたいと思いまして。坂上さんもですか？」

「そうです。私は所長から名越の身辺調査を命じられまして、保護司の先生に連絡してここで落ち合うことになっているんです」

「あら、そうしたら、名越古彦を担当した保護司の方もこちらに？」

「ええ、じきにいらっしゃると思います」

「それはちょうどよかったです。それならば、その方にお話をうかがえますね」

京子は顔を輝かせた。名越古彦の死について、たぶんこの人には何か気になることがあるのだ。そして、刑事の本能というやつで、自分の手で調べずにはおれないのだ。

和人はそんな彼女に魅力を感じたが、上司がそう思わないだろうことははっきりしていた。特に処遇部の責任者である布留川は、あからさまに不快な顔をするだろう。

京子の後の方から、自転車に乗った男が走って来るのが見えた。和人はさり気なく彼女を気遣い、道の端に寄るようにと手振りで示した。

だが、男はブレーキをかけ、和人たちの傍に片足を突いてとまった。七十前後の、痩身だがよく日に焼けた健康そうな男が乗っていた。頭髪は大分薄くなっており、広い額に目立つ染みがいくつか浮いている。

「保護司の小島ですが、坂上さんですか――?」

小島は和人と京子の間に視線をうろうろさせながら、和人に向かって訊いて来た。

「はい、関東中央刑務所の坂上です。今日は、お忙しい中で時間を取っていただき、誠にありがとうございます」

和人はそう頭を下げてから、

「それに、こちらは警視庁の花房さんです。名越古彦のことを調べたいと仰り、お出でになりました」

機転を利かせたつもりで京子のことを紹介したが、すぐに、まずかったかなと思い直した。これでは、自分が彼女を連れて来たように聞こえてしまう……。

「ほお、警視庁の方が一緒に……。わかりました。御苦労様です。お待たせしてすみませんでしたな」

小島はそう述べながら、自転車を降りた。

「では、どうぞ。こちらです」

ハンドルを両手で握り、アパートの敷地へと向かう。

「実はここの大家は中学高校の同級生でしてね。今、やつのところに回って、鍵を預かって来たところでした。名越古彦が自殺したらしいと聞いて、彼もやはり驚いてましたよ」

自転車を入り口横に駐め、そんなことを話しながら先に階段を昇った。部屋の鍵は名越が亡くなったときに身につけていたのだが、和人は小島に任せることにした。

名越古彦の部屋は、二階の一番手前だった。小島が預かって来た鍵で玄関ドアを開けた。和人は小島のあとを京子に譲り、自分が最後に入ってドアを閉めた。

殺風景で、ものの少ない部屋だった。玄関の先がすぐ四畳半ぐらいの広さの台所で、その奥に六畳ぐらいの広さの部屋があり、玄関口から奥の窓辺まで見渡せた。

ほとんど自炊はしていなかったようで、流しもガス台もあまり使われた形跡がなかった。棚にレトルト食品が並び、そこには収まりきらなかった分が、スーパーの白いビニール袋に入ったまま床に置かれていた。そこから少し離れた場所には、溜《た》めこまれたゴミ袋も無造作に放り出されていた。

台所には大型の冷蔵庫以外には、小学校で使う机ぐらいの大きさのテーブルがあるきりだった。

食事はそこでひとりで摂《と》っていたのだろう。狭いテーブルの上には、レシート類や小銭などを放り込んだ小箱の横に、醬油《しょうゆ》などの調味料が立っていた。

「出所後の仕事は、何をしていたのですか?」

和人は訊いた。受刑者たちの犯罪歴と服役中の記録は刑務所にあるが、それ以後のことは管轄外だ。

「はい、父親が経営する医療法人の末端組織で、会計係として働いていました」

名越古彦が医者一家に育ったことは、刑務所の記録にも記載があった。父親は個人規模としてはかなり大きな総合病院の院長兼経営者であり、名越古彦の弟も、そこで医師を務めている。

「そうすると、家族との関係は良好だったのですね?」

「いや、それはちょっと違うと思います。職を得たのは、母親が夫に頼み込んだ結果のようです。これは名越本人から聞いた話ですが、この母親とも、時折連絡を取っていた程度で、それ以外の家族とはもう長いこと何の交流もなかったそうです。名越には姉がおりまして、その姉が医者の婿を取り、父親の病院を支えています。弟もこの病院の医師ですが、父親ともきょうだいとも音信不通の状態がつづいていて、母親にしても、名越が服役中に面会に来ることはなかったそうですね」

小島は淡々と説明してから、いったん間を置いた。

「完全に見放すことで、名越古彦がまた何らかの犯罪に手を染めることを恐れていたのかもしれません。息子が再び服役するような事態だけは避けたいというのが、家族の本音だったのではないでしょうか」

案外と冷静な分析をする保護司の話に、和人は黙ってうなずいた。

三人は台所と奥の部屋の境目付近に立って話していた。奥の部屋も台所同様に殺風景な感じがした。右側の壁に寄せてベッドがあり、左側の窓辺の床に直接、ラップトップ式のパソコンが置いてあった。その横に、時代小説の文庫が十冊ぐらい、ただ無造作な感じで積み重ねられていた。手前の壁際に造りつけの小さなクローゼットがあって、衣類はその中なのだろうが、見える範囲にあるものはそれだけだった。

和人は小島に一言断り、スマホで所長たちに見せるための写真を撮影した。

その間、花房京子は台所の冷蔵庫を開けて中を覗いたり、小さなテーブルにあった小銭などの入った缶を改めたり、トイレや浴室を調べたりしていた。おそらく和人に気を遣っているのだろう、保護司の小島に直接何か質問を発することはなかったが、部屋を見て回るのを遠慮するつもりはないらしい。

「名越古彦の暮らしぶりは、いかがでしたか?」

和人の問いかけに、小島はしばらく考え、こんなふうに話し始めた。

「なにしろ出所してまだ三カ月でしたので、はっきりしたことは何も申し上げられませんが、御存じのように、仮釈放された人間はまず私たち保護司が一対一で面談します。これからの生活目標ですとか、基本的な生活信条を改めて確認し、仮釈放中の規則を言い聞かせるわけです。その後、月に一回のペースで面談を行ないます。相手に私の自宅を訪ねさせるのが普通なのですが、私は早めに一度自分から訪問して、どんなふうに暮らしているか生活ぶりを見ることにしています。ここは私の自宅からも近く、さっき申し上げたように私の友人が大家をしているものですから、例外的に出所の翌月に訪ねました」

「つまり、二月にここに？」

「ええ。そのときは、十五分とか二十分ほど話をして帰りました。次の面談は来週の予定だったのが、こんなことになってしまいましたので、出所後、名越と話したのはその二回だけなんです。ですから、あくまでもたったそれだけの印象として聞いていただきたいのですが、私には自殺をするような人間には見えませんでした。首を吊って亡くなるようなタイプには見えませんでしたので、正直なところ、驚きました……」

「そうですか……。それは、なぜなのか、もう少し詳しく聞かせていただいても構いませんか」

そう促すと、

「名越の場合、家族との関係は希薄でしたが、一応職はありましたので、経済的にはひっ迫しておりませんでしたし……」

小島はそう言いかけたものの、自分で違うと判断したらしく途中でやめ、こう言い直した。

「いや、そう申し上げるよりもむしろ、三十年以上保護司をやって来た上での勘と申し上げるしかないのですが、名越古彦という元受刑者は、なかなか本音を漏らさないタイプに思えたんです。坂上さんも、そういったタイプの受刑者に出会うことがありませんか。規則をきちんと守り、従順な顔をしているのですが、なんとなく本当の姿を見定められないような相手です。私は名越古彦と話していて、小動物が巣穴の中からじっと世間の様子を窺っているような、そんな感じがしたんです」

「つまり……、したたかということでしょうか？」

「そうですね。そう言ってもいいと思います」

「なるほど、そうですか……。そうすると、小島さんには、名越は自殺しそうには見えなかったのですね?」

念押しでそう尋ねる和人に、小島ははっきりとうなずいた。

「はい、個人的な印象というしかない話で恐縮ですが、そうです」

「――」

もう少し踏み込んで小島の意見を聞きたい気もしたが、この先は何をどう訊けばいいのかわからなかった。

「ちょっとよろしいですか。ここの小テーブルにあった缶の中に、この名刺が入っていたのですが、何か心当たりはおありでしょうか? 和賀正樹《わがまさき》さんというフリーライターです」

台所のほうに立ってふたりのやりとりを聞いていた花房京子が、そう言って名刺を差し出して来た。

そこには、有名週刊誌の名前も刷られてあった。

「名越古彦は、週刊誌の取材を受けていたのでしょうか? 何かそういった話をお聞きになったことはありますか?」

「いいえ、そんな話を聞いたことはありませんが……」

小島が怪訝そうに首を振る。

花房京子はもう一度名刺に目を落としてから、和人のほうを向いた。

「ちょっと調べてみたいのですが、この名刺はお預かりしてもいいですか?」

「わかりました。どうぞ」

和人は念のために名刺も写真に撮ってからそう答えたが、

「何かわかったら、自分にも教えていただけますか」

と、あわててつけ足した。

「もちろんです。パソコンは、お調べになりませんか？」

花房京子は名刺をポケットにしまい、次に和人をそう促した。

「ああ、そうですね。手がかりが何か見つかるかもしれない」

なんだか、段々と彼女のペースに巻き込まれているような気がする。

「パソコンを調べるのでしたら、テレビ代わりにネットで配信される動画を観るために使っているので、特にパスワードは設定していないと言っていました」

小島が言った。

その言葉通り、電源を入れるとパスワードを要求されることもなくトップ画面が立ち上がった。一応保存ファイルのリストを開けてみたが、何も保存されてはいなかった。この部屋にはテレビはなかったし、このパソコンのモニターは、比較的大型のものだった。小島の言うように、配信の動画を観るために使用していただけかもしれない。

しかし、念のために持ち帰り、ＳＮＳやメールの記録などを調べたほうがいいだろう。最近の名越の心理状態を知る手がかりになるはずだ。

「何のファイルもないんですね」

モニターを覗き込んでいた京子が言い、

「パソコンはテレビの代わりとしてネットの配信動画を観るために使っているだけだという話は、名越さんのほうから言ったのですか……?」

顔を小島のほうに向けて訊いた。

「ええ、そうですけれど」

彼女は何かを考えているようだったが、

「ちょっとだけいいですか。隠しファイルがないか、調べてみたいのですが」

と申し出た。

「隠しファイル——?」

「はい。名越古彦が、小島さんがさっき仰ったような男だとしたら、パスワードを設けずにいつでも第三者がファイルを確認できるようにする一方で、隠しファイルを仕込んでいたかもしれないと思ったんです。念のために調べてみたいのですが」

「わかりました。どうぞ、調べてください」

和人は、パソコンの前を譲った。

「なるほど、そういうものがあるのですか——」

小島が感心したように言い、

「はい、システムファイルに紛れ込ませたり、特殊な拡張子を使用したり、いくつかやり方はありますが、家庭用のパソコンでしたら、それほど手間のかかる作業はしていないかもしれませんん」

京子はそう応えつつキーボードを操作し、それに反応してパソコンのモニターに和人が見たことのない画面が表示された。

「ああ、やっぱり……。ここにファイルがフォルダごと隠されていました。設定を変更し、表示できるようにします」

京子の説明に呼応し、やがてファイルが出現した。

「中を見てみましょう」

和人と小島のふたりは、モニターに目を引きつけられたままで黙ってうなずいた。

だが、京子がエンターキーを押すとともに出現した画面に、ふたりともあわてて目を逸らした。それは布一枚身に着けていない幼い女の子が、毛むくじゃらの手で体をまさぐられている映像だった。女の子は、くすぐったそうに体をよじりつつ、楽しげに笑っていた。

だが、この先、この子の身にどんなことが起こったのかは、見なくても想像がつく。

「すみません……、とめていただけますか。見るに堪《た》えません……。まさか、名越古彦の中に、こんな邪悪な欲望が潜んでいたとは……」

小島は顔をそむけるだけでは足りず、怯《おび》えた様子で部屋の隅へと遠ざかった。

「児童ポルノに厳しいアメリカならば、こうして保持しているだけで逮捕されるはずですよ」

和人はそう意見を述べた。あの幼子は、まだ何の判断もできない年頃なのだと思うと、動画に映った男や撮影した者に対してても、それをこうしてこっそりと隠し持っていた名越古彦に対しても、抑えようのない怒りがふつふつと涌いて来た。

京子が険しい顔つきになり、動画をとめた。フォルダには、こうしたファイルがみっしりと並んでいた。

「でも……、そうしたら、これが自殺の原因でしょうか……」

部屋の隅まで避難した小島が、ふっとつぶやくように言った。

「自分のこうした性癖を隠しつづけることで、生きていることが嫌になった……。そして、自殺願望が芽生えた……。その可能性はありますよね……。名越はきっと、こうした悪魔的な衝動を抑えきれない自分に、嫌気が差したにちがいありません……。どうです、そう思いませんか、坂上さん、花房さん……」

そう自分の考えを披露した上で、わざわざ名前を呼んで同意を求めた。

「はい、確かにそういった可能性もありますね――」

何と答えたらいいかわからない和人の隣で、花房京子が静かに言った。

5

「自殺だな――。自殺で決まりですよ」

処遇部長の布留川は、倉田が坂上和人からの電話を切るとすぐにそう主張した。

「名越は自分の性癖に愛想が尽きたにちがいありません。刑務所にいる間は、否が応でも誘惑を遮断できたが、出所したらそうはいきません。やつの恥ずべき性癖が再び沸き起こってしまった。秘密フォルダを作ってそこに隠したのは、名越がそれを恥ずべき性癖だと認識していた証拠ですよ。やつはきっと、そんな自分に堪えられなくなったんです。だから、自分が禁欲的に生きていられた刑務所にふらふらと戻って来て首を吊った。そう考えれば、やつがこの関東中央刑務所で自死したことにも合点がいきます」

「うむ、そうですね……」

倉田は控えめに応じた。名越がそんな隠しファイルを作っていたことは驚きだったが、あの男のそういった性癖については、とうの昔にわかっていた。その性癖を苦にして自殺したというのが、あの男にふさわしい人生の終わり方なのだ。

「まあ、とにかくしばらく待って、坂上君の報告を直接聞くことにしましょう。パソコンの中身をこの目で確かめる必要もあるし、彼が保護司の先生の意見も詳しく聞いているそうですから、それも大いに参考になるはずです」

「確かにそうですね」

布留川はそう応じたものの、それだけでは物足りなかったらしく、「しかし、やっぱりやつは自殺したんですよ」と、わざわざ繰り返した。

倉田は黙ってうなずき返し、所轄から提出された鑑識報告書を改めてデスクから取り上げた。ちょっと前に処遇部に届けられた報告書を、布留川が所長室まで持って来たところで、坂上和人からの電話連絡が入ったのである。

「それから、所長、もう一点申し上げたいことがあるのですが」

報告書に目を戻しかける倉田に、布留川が遠慮がちに声をかけて来た。

「何でしょう?」

「花房京子という刑事のことです」

倉田が黙って視線を上げると、布留川は怒りで顔を赤くしていた。

「名越古彦の部屋を、我々に何の断りもなく訪ねるなんて、あの人はいったいどういうつもりなんでしょう。昨日、あれだけ釘を刺したのに、刑務所内でなければ、自由に調べ回ってもいいと思ったんでしょうか」

　坂上和人は今の電話で、名越古彦のパソコンには隠しファイルが潜んでおり、そこに大量の児童ポルノの映像が保存されていたことを報告したのだが、併せてその場に花房京子も居合わせ、隠しファイルを見つけたのは彼女の功績だと言ったのだった。

「坂上君も坂上君だ。あの刑事から何と言われたのか知らないが、なぜ一緒に名越の部屋に入ることを許したんでしょうね。その点については、私から彼にきつく注意をしておきますよ」

　布留川は怒りが収まらない様子で、さらにそうつけ足した。

　こうしたときの布留川が、話すうちに激高して来ることを倉田は知っていた。

「そうですね……。まあ、部外者にあれこれ介入されても、事態が複雑になるだけかもしれませんね」

　倉田がまた控えめに言うのにとどめると、案の定、布留川にはそれが物足りなかったのだろう、

「所長、これは刑務所内で起こった事件です。改めて申し上げることもないかもしれませんが、警視庁の刑事にこれ以上勝手な介入をさせないほうがいいのではないでしょうか」

　と語調を強めた。

「きっと坂上君は、あの女性刑事に個人的に好意を持っているんですよ。そうに決まってます」

　さらには、そうとまで断言するので、倉田はさすがに苦笑した。

「まあ、彼は独身ですからね。花房さんだって、結婚指輪はしていないみたいです。若いふたり

の感情には、我々は立ち入れませんよ。そうでしょ、布留川さん」

「まあ、そうですが……」

布留川はさすがに気まずそうにしたが、まだ不満は収まらない。

「それにしても、なぜ刑事をまたここに連れて来る必要があるんでしょう。所長が言いにくいようでしたら、私からガツンとやりますが」

「わかりました。どうしても目に余る越権行為があるようならば、今日こそは私からきちんと話します」

そう応じながら鑑識からの報告書に目を戻した倉田は、そこにあった一行にはっと息を呑んだ。

それは、こんな一文であった。

――遺体の頭髪に付着していた白い小さな破片は、漆喰と考察される。

（漆喰の破片……。）

胸の中で、その言葉を繰り返した。

（なぜ、そんなものが、名越の頭髪に……。）

と問いかけたのち、倉田の脳裏にまるで炙《あぶ》り出しの絵のように、じわじわと答えが浮かんで来た。

旧講堂を通ったときだ。かつては旧刑務所の見学コースに入っていたあの旧講堂を封鎖した理由は、建物の老朽化に伴い、漆喰塗りの天井や壁の一部が剝がれて落下することが危惧されたためなのだ。

名越古彦の体を背負ってあの旧講堂を通ったとき、おそらくは天井から降って来た漆喰の細かい破片が、名越の頭部に付着したにちがいない。

「どうかされましたか？」

布留川の問いかけに、倉田はあわてて報告書から顔を上げた。

「いや、何でもありません」

自然に答えたつもりだが、顔が引き攣《ひつ》っているのを感じた。

大丈夫だ……。あの床に靴跡を残すのはまずいと思い、足跡は綺麗に拭き取ってある。あの講堂を横切って中庭に行ったことを直接示す証拠は、何も残ってはいないのだ……。

だが、この報告書の文言を読めば、花房京子という女性刑事ならば、遅かれ早かれそう推測するにちがいなかった。

「ああ、漆喰の破片ですか……。おそらくそれは無関係でしょう」

倉田の手元を覗き込んだ布留川が、実にあっさりと否定した。この男の頭の中では、既に名越古彦は自殺ということで片づいているのだ。

それは無能さ故ではなく、刑務官としての有能さ故のことだった。種々様々な受刑者たちを相手にする以上、いったん定めたことを揺るがせば秩序が保てない。刑務官ならば誰でも、そう考えるものなのだ。この自分も、所長として、そう考えても何も不自然なことはない。

「そうだな。漆喰の破片がつきそうな理由など、思いつかない」

倉田は布留川の指摘にうなずき、同意を示した。

「所長は、その報告書を、花房という刑事にもお見せになるつもりですか？」

布留川が、姿勢を正して訊いて来る。

「そうだな……。これはあくまでも刑務所内の事件だから、そんな必要もないと思うのですが、布留川さんはどう思います？」

倉田は即座に否定するよりも、相手の意見を尋ねる形を取った。

「その通りですよ」

布留川には一片の迷いもなかった。むしろ、待ってましたと言わんばかりの態度だ。

倉田の疚しさが小さくなっていく。これは自分の保身のためではなく、刑務所内で起こった事件に対処する者として当然の態度なのだ。


それにもかかわらず……、所長室に入って来た花房京子の姿を目にした瞬間、倉田の中で不思議なためらいが生じていた。

ノックをしてドアを開けたのは花房京子本人ではなく、処遇部の責任者である布留川だった。布留川はいったん所長室から引き揚げ、一階の処遇部の席で彼女の到着を待ち構えていたのだ。

倉田には、ドアを開けたときの布留川が、目顔でこう伝えて来るのが見て取れた。

（余計なことを話す必要はありません。）

「ま、どうぞ、お坐りになってください」

倉田は執務デスクから立って京子を迎え、

「御苦労だったね」

その後ろから一緒に入って来た坂上和人には労《ねぎら》いの言葉をかけた。

坂上和人と花房京子が一方のソファに並び、倉田は布留川とともにその向かいに坐ると、

「まずは報告を聞こう。名越古彦の部屋では、保護司の先生にもお会いしたのだったね。どうだね、どんな意見を述べておいでだったろう？」

布留川が早速そう促すのに応じ、和人が保護司の小島の意見を開陳した。

「なんというか……、名越古彦という男は、自分の本当の姿を巧みに他人の目から隠しているような印象を受けたそうです。おそらくは、そうして暮らしつづけていることに疲れ、みずから命を絶ったのではないかと。それに、小児性愛の異常な欲望を抱えて生きていくことに絶望したのだろうとも言っておいででした。刑務所の中でならば禁欲的な生活を送っていられたが、出所し、そうした欲望が爆発してしまったことに絶望し、刑務所へ戻ってそこで首を吊ったのではないかという意見でした」

「よし、決まりだな」

布留川が、すぐに断言した。

「名越古彦は、自分の邪《よこしま》な欲望を、誰にも相談することができないままで生きて来た。しかし、服役を終えて社会復帰を果たしたときに、この先もまだずっとそうした暮らしが待っていることを想像すると、ついに堪えきれなくなったんだ。つまり、名越にとっては、刑務所のような空間こそが生きられる場所だったということだ。それで、オープンデイの日にふらふらとここに戻り、人目につかないあの場所で首を吊った。うん、間違いない。所長、これは自殺ですよ。自殺で決まりです」

さらには滔々《とうとう》と自説を展開したあと、倉田に顔を向けた。

最終的な結論を下すのは所長の仕事なのだ。

「そうですね。やはり自殺で決まりかもしれない」

倉田はそう口にすると、ふっと体が軽くなるのを感じた。これで荷を下ろせる。自殺として処理をすれば、それで終わりだ。

「しかし、小島さんの意見は、名越古彦が刑務所でみずから首を吊ったものとした上で述べられたものです。首を吊って自殺したことが事実かどうかわからないという前提に立てば、また見方は変わるかもしれません」

花房京子が口を開き、やんわりと反対意見を述べた。

「それから、首にあった索条痕以外の痣はどうなるのでしょうか？　あそこを強く打たれると、人は失神します」

「そのことは、もう昨日話したはずではありませんか。あの痣からでは、それほどの衝撃だったのかどうかわからないし、そもそも、首を吊る直前にできたものかどうかもわかりませんよ」

布留川が反論を口にした。

「確かにそうでしょう。しかし、そう考えて違う可能性を切り捨ててしまうと、真実が見えなくなる可能性があります」

「講釈は結構です。真実とは何ですか？　自殺以外に、いったいどんな可能性があるというのでしょう。潜在足跡を調べた結果、焼却炉の周辺から見つかった最近の足跡は、名越古彦のものだけでした。この事実が、名越が自殺であることを示していると思いませんか」

「名越古彦の頭髪についていた白い破片については、どうなりましたか？　所轄の鑑識から、報告書が来たのでしょうか？」

「いい加減にしてくれませんか、花房さん。あなたは捜査関係者じゃありませんよ。名越の自宅を訪ねたことでさえ、本来ならば越権行為です。刑務所内で起こった事件は、刑務官である我々が捜査します。あなたは、いったいどういった権限で、こうして首を突っ込んで来るんですか」

「私は……」

「まだ話は終わっていません。もしも万が一ですが、我々では手に余ると判断した場合には、ここを管轄する所轄署に応援を求めます。ですから、もう口出しは控えていただきたい。そうですね、所長」

そうだ。布留川の言う通りだ。これは刑務所のエリア内で起こった事件であり、それを捜査するのは、所長を筆頭とする刑務官の責任だ。ここは、我々刑務官が守る神聖な領域なのだ……。

「漆喰の粉でした」

だから、布留川の勢いに乗じ、同調して、答えるのを拒めばよかったはずなのに、倉田はそう口にした。

まるで自分以外の誰かが自分の口を借りて、ぼそっと真実を世界に放り出してしまったような気がした。

布留川が棒でも呑んだような顔で黙り込み、花房京子も驚いた様子で倉田を見つめ返した。

「漆喰の粉……」

そして、つぶやくように言った。彼女の頭がフル回転で動き出すのが、手に取るように見えた。聡明《そうめい》な女性だ。いかにも綿貫の部下らしく、疑問に思ったことに食らいついていく根性を持ち合わせてもいる。

そう思うと、早くも激しい後悔が押し寄せた。しかし、なぜだか理由はわからないが、この自分の口から告げねばならないような気がしたのだ。

(大丈夫だ。)

倉田は我が身にそう言い聞かせた。旧講堂や旧収容棟の鍵は、昨夜のうちにそっと戻しておいた。旧講堂の床は、中庭から再びあそこを通って戻るときに、きちんと足跡を拭いておいた。証拠は、何もありはしないのだ。

「それについては、必ずしも事件と関係があるとは言えませんよ」

布留川が、ちょっと前に倉田に対して言ったのと同じ台詞《せりふ》を口にする。

「ええ、確かにそうですね――」

京子はそう答えつつ、何かを考えつづけていた。

「さて、もうこれでいいですね。布留川も申したように、これは刑務所内で起こった事件です。捜査は、我々が責任を持って行ないますので、あとは任せてください」

倉田千尋は、断固とした口調で告げた。

6

布留川の説教はねちねちとつづいた。しかも、時折、感情の波を自分でコントロールできなくなるらしく、何度か口調を荒らげもした。

刑務官には厳格さが必要だというのは和人にも理解できたし、自分もかくあるべしと言い聞かせてはいるが、しかし、部下にくどくどと説教するのは、そうした厳格さとは別物ではないだろうか。その点、布留川とは違い、所長の倉田は素晴らしい。常に物静かな姿勢を崩さずに、部下のことをしっかりと見てくれている……。

やっとのことで「行って良し」の一言を得て自分のデスクへと戻った和人は、ふと窓越しに表の駐車場に目をやり、そこにまだ京子の車が駐まっているのを知って首をひねった。

今の今まで説教を受けていた布留川の執務机のほうを窺いつつ、席を立って処遇部の部屋を横切り、和人は東玄関から表へ出た。昨日のオープンデイには、このすぐ表に本部のテントが設けられていた場所だった。

車に近づいてみたが、中に京子の姿はなかった。

（いったい、どこで何をしているのだろう……。）

布留川に見つかれば、また面倒なことになるはずだ。彼女が頭ごなしに怒鳴りつけられている姿など、見たくはなかった。

周囲に注意を払いながら駐車場を移動した和人は、庁舎の反対側の外れ、面会棟との間へと、彼女のものらしい後ろ姿が曲がるのを見つけた。

見間違いで、受刑者への面会希望者だったのかもしれないが、あの後ろ姿は彼女だった気がする。坂上和人は、吸い寄せられるようにしてその女性の後ろ姿を追った。

だが、庁舎と面会棟の間の通路には誰もいなかった。まだ日暮れには少し間があるが、もう面会時間は終了間際で、面会棟はがらんとしていた。

やはり見間違いだったのだろうか……、と思いつつ、和人は間の通路を向こう側へ抜けた。裏手には、旧講堂のレンガ造りの建物が建っている。

すると、面会棟の裏側でその旧講堂の壁のほうを向き、彼女がじっと立っていた。

彼女は微かに眉間にしわを寄せ、しきりと何かを考え込んでいるようだった。左右を眺め回し、その過程で和人に気づいて顔がこちらを向いた。理知的だが、それ故にこそどこか冷たくも見える彼女の視線に出くわし、和人はドキッとした。こうした眼つきをする女性だとは思わなかった。

なんだか別人のような気がしたが、これが「刑事の目」というやつなのか……。

それとも、まさか、普段は用心深く隠されているものなのだろうか……。

あとを尾《つ》け回していたように誤解されはしまいかと思うと、和人はあたふたとしてしまった。

顔がぽっと火照って来た。

「あの……、すみません……。京子さんらしい姿が見えたものですから……、こんなところでいったい何をしてるんだろうと思って……。それで、あとを……。しかし、決して怪しい者では……」

(自分はいったい、何を言っているのだ……。)

しかも、咄嗟《とっさ》に相手を「京子さん」と呼んでしまったことにも気がつき、和人はいっそうあたふたした。

「すみません……。京子さんだなんて、つい名前で呼んでしまって……。変だな、どうして呼んでしまったんだろう……」

しきりと首をひねって見せる和人の前で、花房京子はくすっと笑いをこぼした。アーモンド形の目がたわみ、その可愛らしい笑顔に和人の心臓が大きな音を立てた。

（そうか、この人は、こんなふうに笑ったりするのか……。）

ちょっと前に見た、いかにも刑事らしい目つきとのギャップも、益々可愛らしく思う気持ちを搔《か》き立てる。

「名前で呼ばれるのも、なんだか素敵です。私、嬉しいです」

「ほんとですか――？」

期待がむくっと頭を擡《もた》げた。

「はい、ですから、京子と呼んでください。でも、私が和人さんって呼び返すと、なんだか恋人同士みたいでややっこしいので、私は今まで通り『坂上』さんとお呼びしますね」

「――」

和人は吉本新喜劇みたいにガクッとなりそうな気持ちを、懸命に立て直した。

「それで、何をしてたんですか？」

「はい、ちょっと疑問に思うことがありまして。この講堂は、今は使われていないんですね？」

「ええ、そうです。かつては旧刑務所の見学コースに入っていたのですが、老朽化が進み、天井や壁の漆喰が剝落する恐れが出たので、現在では完全に閉鎖しています」

和人はそう答える途中で、はっと気がついた。「あっ……、漆喰ですか――？」

「はい、名越古彦の頭髪についていた白い小さなものは漆喰の破片だったと聞いたもので、もしや、とここのことが思い浮かんだんです」

「しかし、ここの扉はこうして鍵がかかっていますよ」

和人は旧講堂の頑丈なスチールの扉と京子の顔へと、交互に視線を巡らせた。

「そうですね。鍵は、どちらに?」

「鍵ですか……。ええと、《物産館》が普段は旧刑務所エリアの見学コースの受付になっていますから、たぶん他の鍵と一緒に、奥の事務所に保管されていると思いますけれど……。だけど、ちょっと待ってください、京子さん。名越古彦が《物産館》の事務所から鍵を持ち出すのなど、不可能ですよ。あの日は常に誰か職員がいましたし、もしも人がいなくなるときには、必ず事務所には施錠します」

「わかります。名越には不可能だったと思います。しかし、何者かが名越をここに呼び出し、気を失わせた上であの中庭に運んだのかもしれません」

花房京子の指摘に、和人は驚いた。この人は、なぜそんな想像をするのだろうか……。

「よろしければ、そう考える理由を教えていただけますか?」

「それは、もしも名越古彦がみずから命を絶ったのではなく誰かに殺されたのだとしたら、どうしてあの焼却炉のある中庭にみずから出向いたのかが疑問だったんです。しかし、ここならば、それほど名越に疑われずに呼び出すことが可能です」

「それじゃあ、名越はここで誰かと待ち合わせたと?」

「はい、私はその可能性を考えています。犯人は、何か秘密を暴露するとかそういったことを言って、ここに呼び出したのかもしれません。そして、隙を見て首の動脈を突き、名越を気絶させた」

(今、この人は、犯人と言ったぞ……。)

ショックを受ける和人を前に、京子はごくあたりまえの感じで話をつづけた。

「事件の日の様子を確認したいのですが、よろしいですか。この面会棟は、オープンデイの日は閉まっていたのですね？」

「ええ、そうです。さすがに一般入場者がたくさん押しかけるオープンデイに面会者が来ると混乱して、手に負えないと判断したんです」

「そうすると、この面会棟は無人で、誰もいなかった？」

「ええ、そういうことになります」

「庁舎の建物のこちら側は、庶務課が使っているようですが、当日、そこには人は？」

「いえ、庶務課も空でした。処遇部門は受刑者の管理を行ないますので、オープンデイ当日も普段通りの勤務でしたが、庶務課はオープンデイの運営で飛び回っておりましたので」

　和人はそう答えたのち、思い出したことをつけ足した。

「ああ、それに、面会棟と庁舎の間の通路には、オープンデイの日は、関係者以外立ち入り禁止とする立て札が出ていたはずです。——それでは、名越は、何者かによってここに呼び出されたと？」

「その可能性を疑ってみる必要があるのではないでしょうか。犯人は面会棟の裏手に名越を呼び出し、気絶させた。そして、名越の体を旧講堂の扉へと運び、予め盗んでおいた鍵で講堂に入って向こう側へ抜けた。講堂の向こうには調理場の裏口があります。そこも同様に鍵で開けて越えれば、中庭に着きます。そう考えると、《物産館》にいた職員が誰も、旧刑務所のほうへと歩く名越古彦の姿を目撃していない理由にも説明がつきます」

　心のどこかに京子との会話を楽しむ気持ちがあった和人は、ここに至ってその気持ちが完全に萎《しぼ》むのを感じた。

「ちょっと待ってください、京子さん……。いや、花房さん。あなたは、もしかして、ここの刑務官の誰かが名越古彦を殺害したと疑っているのですか？　殺害して、首吊り自殺をしたように偽装したと――？」

「もしも私が想像した通りここに呼び出し、講堂と調理場を突っ切って中庭まで移動したのだとしたら、それは物産館にあった旧刑務所の鍵を自由に持ち出せた人物だということになります」

「つまり、必然的に、刑務官の誰かだと言うんですね」

和人は、怒りを懸命に押し殺した。そうするのには怒りを爆発させて目の前の女性から嫌われたくないという以外に、もうひとつ理由があった。所長の倉田のように、どんなときでも冷静な対応ができる刑務官になりたかった。

それにしても、もう少し言わなければ気持ちが収まらなかった。

「あなたは刑務所の仕事を誤解しています。刑務官の中に、受刑者だった人間を殺したいほどに憎んでいる者などいませんよ。刑務官と受刑者との関係というのは、そういうものではありませんん」

花房京子は口を開きかけて、閉じた。今まで真っ直ぐに自分の推理の道筋を追うことに夢中だった彼女の顔に、うっすらと困惑が滲んで来た。

「そうだとは思います。しかし、人間同士というのは、たとえどういった間柄であっても、何かのきっかけでバランスが崩れれば、そこに犯罪が発生する可能性があるとも思うんです」

「それがあなたの実感ですか……？」

「はい。私の警察官としての実感ですが、坂上さんはそうは思いませんか——？」

「……」

彼女の言う通りかもしれない……。刑務所に来る人間は誰もが悪人というわけじゃない。いや、むしろ、善良に暮らしていた人間が、ちょっとしたきっかけで人生を狂わせ、犯罪に手を染めてしまう例のほうが多いのだ。——それが、刑務官としての和人の実感だった。

だが、それをここで認めてしまうのにはためらいがあった。

それでは、刑務官の中に、名越古彦を殺害した者がいると認めることになる。

関東中央刑務所に勤務する職員は、およそ二百名。中にはあまり評判の良くない刑務官が混じっていることも事実だが、しかし、まさかこの刑務所の敷地内で、三カ月前までここに服役していた男を殺害する人間がいるとは思えない。

そんなことは、絶対にないのだ。

「私の推測が的外れなものかどうかを確かめる方法が、ひとつあります」

京子はしばらく黙って和人を見つめていたが、やがて静かに、諭すように言った。

《物産館》の事務所に行って戻って来る間、気持ちがずっとざわついていた。これは自分がやらなければならないことなのだ、という気がする一方、ついさっき長々と叱責を受けたばかりの布留川の顔が脳裏をよぎり、上司の許可を取らずにこんなことをすべきではないという気持ちが何度も起こりかけた。

そのたびに、ただ確かめてみるだけだ。もしも旧講堂に何者かが入った形跡が確認されれば、その時点で報告を上げればいいのだと自分に言い聞かせた。それでもなお弱い気持ちが広がりそうなときには、所長の倉田ならばどんな判断を下すかを考えた。そうすると、自分の行動は間違っていないはずだと思うことができた。

（いずれにしろ、ほんのちょっとだけ扉を開けて、中を確かめるだけじゃないか……。）

鍵を取って来る約束をする前、京子に対して、その点は念を押していた。決して中へは入らない。ただ、入り口から、講堂の床を確認するだけだと。

春の太陽はまだ充分な体力を持たず、和人が往復する間に日暮れの色がすっかり濃くなった。旧講堂と面会棟の間の薄暗い通路に立って自分を待つ京子の姿を見たとき、和人はこの状況とは関係なく気持ちが温かくなるのを感じた。この女性を大切にしたいと思った。

足を速めて彼女の前に立つと、事務所から持って来た鍵を見せた。

「持って来ました。でも、入り口から中を見るだけですよ。旧講堂は、ずっと封鎖されてました。もしも誰かが通った跡があれば、これで照らせばわかるはずです」

と一息に告げた。《物産館》の事務所にあった光度の強い大型の懐中電灯を、和人は鍵と一緒に持って来ていた。

そんなつもりなどないのに、なぜだかちょっと怒っているような口調になってしまった。

そうだ。自分は彼女の疑惑を否定しなければならないのだ。講堂の床を照らし、そこには人が通った形跡など何もないことを確認し、この関東中央刑務所の汚名を返上しなければならない。

関係者の誰かが名越古彦を殺害した可能性を、完全に否定するのだ。

名越古彦は、自分で首を吊ったに決まっている。

「そうですね。懐中電灯で照らせば何かわかるでしょう。では、お願いします」

京子の口調も、なんだか少し硬いものに変わっていた。

和人は鍵を鍵穴に入れた。旧式の鍵は、回すのにいくらか力が要った。解錠し、近くで見守る京子に軽くうなずいて見せて扉を開けた。足下の滑車が鈍い音を立てた。

懐中電灯をつけて床を照らした和人は、胸が凍りつくような気がした。

一メートルほどの幅で、光の帯が延びていた。床は全体に埃《ほこり》が溜まっているのに、そこだけは何者かの手で綺麗に拭われているので、光の反射具合が異なるのだ。

何者かが、自分の通った跡を、おそらくはモップで拭いたにちがいない。

「失礼します。私はすぐに上司に……、いいえ、所長に報告しなければ」

「私も御一緒したほうが――」

と言いかける京子を、和人は半ば遮るようにした。

「いいえ、これは刑務所内の事件です。あとは我々で調べますので、京子さんは引き揚げていただけますか」

7

子供たちを見ていると心が和む。倉田が発する号令に合わせ、元気よく受け身を取っている。いかなる武道においても、受け身が基本だ。倉田のそんな考えから、この道場では最後にもう一度受け身を取って練習を終わることにしていた。

下は幼稚園児から、一番上は女子高生まで、合計十七人の子供たちが、この関東中央刑務所の講武館で毎週一度開かれる「合気道教室」に通っている。

この合気道教室は、倉田が始めたものだった。旧刑務所が取り壊され、現在の新刑務所が建設されたとき、市民と刑務所の間の心理的な壁を取り払うという目的から、敷地内に市民が使用できる運動場と講武館が建設された。オープンデイの日に天童小百合の屋外コンサートが開かれた運動場では、週末などに少年野球やサッカーのチームに属する子供たちが汗を流している。

この講武館のほうも、市内の柔道や剣道の大会に使用される他、青少年向けの教室も開かれていた。ともに刑務官や警察官の有段者の中からボランティアを募り、コーチ役を務めて貰っている。だが、その中に、合気道の有段者はいなかった。

倉田が関東中央刑務所に赴任したとき、講武館の活用について改めて話し合いが持たれ、所長の倉田を師範として合気道教室を開くことが決まった。刑務官たちの中に、倉田が合気道の有段者であることを知る者がおり、是非にと推されたのである。

倉田は、喜んでその提案を受諾した。以前にも別の刑務所に赴任中に、やはり地域の子供たちに合気道を教えたことがあった。

合気道を通じて子供たちと触れ合っていると、仕事の疲れを忘れられた。幼い子供たちの中には、倉田の教室に通ったことがきっかけで合気道が好きになり、その後、合気道部のある中学や高校に進学した者もあった。現在、最年長で教室に来ている高校生の女子生徒は、学校でいじめに遭って不登校になりかけていたのだが、合気道教室に通うことで自信がつき、学校に通うことができるようになったそうだった。

もしも亡くなった妻との間に子供があったならば、こんなふうだったろう、あんなふうだったろうと、目の前で受け身を取る子供たちひとりひとりを見て思ってしまう。子供こそが、宝だ。名越古彦のように邪な気持ちを抱くことなど、人として決してあってはならないのだ……。

倉田は、はっとした。稽古の終わり近くになると、講武館の入り口付近に、迎えの親御さんたちが姿を見せる。倉田が親の見学を奨励しているので、その中には入り口の横にスチール椅子を置いて坐っている者もある。いつの間にかそういった人たちに混じり、背の高いショートヘアーの女性が立っていた。

花房京子は倉田と目が合うと、礼儀正しく頭を下げた。いつからあそこに来ていたのだろう……。

彼女がこうして現れた理由については、考えるまでもなかった。旧講堂の床の件は、刑務官の坂上和人から、既に報告を受けていた。

「それでは、今日はここまでにしましょう」

倉田は子供たちを整列させた。子供相手にも、丁寧な態度を崩さない男だった。

「普段の基礎練習を忘れないように。それから、体の柔軟性が大切なのは、覚えているね。柔軟運動を欠かさずにしなさい。それでは、今日の号令当番」

号令当番に命じて、終わりの挨拶を交わしたとき、もしも自分が逮捕されれば、子供たちとこうした時間も持てなくなるのだという思いが頭の片隅をよぎった。

倉田はいつもの席に戻り、そこに置いたタオルで体の汗を拭い、ペットボトルの水で喉を潤《うるお》した。

目の前の壁を見つめ、唇の隙間からひとつ大きく息を吐いて吸うと、タオルとボトルを持ってその場を離れた。

出入り口を出て行く子供たちや、そのつき添いの親たちと挨拶を交わして講武館を出た倉田のことを、花房京子が少し離れたところに立って待っていた。

倉田は、ゆっくりと彼女に近づいた。

「お帰りになったものとばかり思っていましたが、どうかしましたか?」

いつもの穏やかな口調で問いかけた。

「旧講堂の床のことでしたら、坂上から報告を受けています。あとは我々で協議をし、判断を下しますので、お任せください」

「はい、坂上さんからもそう言われました。上司の許可を得ずに、部外者である私と一緒に旧講堂の中を確認してしまったことを気にしていましたが、私が唆《そそのか》してしまったんです。できれば坂上さんを叱らないようにお願いします」

頭を下げる京子を前に、倉田は苦笑した。

「大丈夫ですよ。彼を咎めるようなことはしませんでした」

「それをうかがえて、ほっとしました」

花房京子はそう応えてから、すっと口をつぐんで間を置いた。何と言おうか迷っているよりもむしろ、心の準備をしたように見えた。

「正にこの辺りでした」

と、話の口火を切った。

「オープンデイの日、迷子になった女の子がいたんです。私と綿貫が見つけて保護したあと、ほんのちょっとして母親が現れたので、本部には届けずに済みました」

「そうでしたか……。それはよかったですね」

とは応じたものの、倉田には彼女が何を言いたいのかわからなかった。

「そのとき、その少女のことを、少し離れた位置からじっと見つめていた男がいました。ちらっと見ただけでしたし、すぐに姿を消してしまったのではっきりとはわからなかったのですが、思い出せば思い出すだけ、あれは名越古彦だった気がするんです」

「名越が……」

「はい。嫌な眼つきをした男でした。邪悪な感じがしました」

「そうしたら……、やつはやはり、幼子に対して邪な欲望を持つ自分に堪えられなくなったのですよ。自殺するかどうか迷ってここに来たあの男は、自分の中にある邪な気持ちをはっきりと自覚し、いよいよ堪えられなくなった。そういうことではないでしょうか」

倉田は、そう力説した。不思議なことに、嘘をついている感じはしなかった。そうだ、あの男は邪な自分に堪えられなくなり、みずから死を選んだのだ……。

「そうですね……。確かに、そうかもしれません」

花房京子は、再び口をつぐみ、

「しかし、私にはどうしても、ああいう目をした男が自殺を図るとは思えないんです」

改めてそう力説した。

「自殺でないなら、何なのです？　状況も、あの男が自殺したことを示していますよ。首吊り死体が見つかった焼却炉の周辺には、あの男の靴跡以外の潜在足跡は見つかりませんでした。医師の吉村先生は、名越は縊死したものと断言しました」

「旧講堂の床の跡は、どう解釈するのですか？　面会棟の裏側の出入り口から旧収容棟側の出入り口にかけて、足跡を拭き取ったと思われる痕跡がありました」

「それはそうですが、名越古彦が焼却炉で首をくくったことと関係があるとは限りません」

「名越古彦の頭髪に、漆喰の細かい破片がついていました」

「あの旧講堂のものとは断言できません」

「無関係とも言い切れません。それなのに、倉田所長は、なぜ捜査を進めようとはなさらないのですか？」

「捜査は行ないました。そして、名越古彦は首吊り自殺をしたと判断したんです。花房さん、あなたは部外者です。我々には、刑務所を運営する責任があります。これ以上、口出しはしないでいただけますか」

「私は運営を問題にしているのではありません。真実を明らかにしたいだけです」

倉田は、目を逸らしてしまいそうになる衝動を抑え込んだ。

「では、花房さんは、これは殺人事件だと仰るんですね？」

挑む気持ちで見つめ返したが、彼女は少しもたじろがなかった。

「はい、そう思います」

「確信があるのですか？」

「あります。何者かが名越を面会棟の裏の人けのない場所に呼び出し、首の動脈部分を突いて気絶させました。そして、旧講堂を突っ切り、旧収容棟の調理場を抜け、あの中庭まで名越を運んだんです。犯人は、名越の靴を履いて移動しました。自分の靴は脱いで持って行ったのかもしれませんが、ひとりで名越の体を背負うのには邪魔になります。おそらくは面会棟の裏側のどこかに隠しておいたのだと思います。旧講堂の床下かもしれません。焼却炉付近に名越古彦の靴跡しか残っていなかったのは、犯人が名越の靴を履いていたためです。ということは、帰りは犯人は靴を履かずに戻ったことになります。もっと広い範囲にわたって潜在足跡を調べれば、靴を履いていない足跡が見つかるはずです。旧講堂の床の一部を帯状に拭くことで、犯人はそこを往復した足跡を消したんです」

「名越が自殺したのではなく殺害されたのだとすれば、そうした推測は成り立つでしょう。しかし、花房さん、それはただの推測に過ぎないのではありませんか。あなたは何ひとつ証明してはいません」

「はい、わかっています。ですから、証明するため、ここの捜査権を持つ所長の倉田さんに御協力いただきたいんです」

「もう充分に協力はしました。これ以上は、水掛け論だと思います。汗を流したいのですが、そろそろよろしいでしょうか」

　倉田は静かに言って、話を切り上げることにした。

「最後にあとひとつだけ」

　頭を下げて歩き出した倉田のことを、花房京子がそう言って追って来た。倉田は、足をとめずに歩きつづけながら、

「何でしょう？」

顔もまた前方に向けたままで訊き返した。

「倉田さんは、合気道の達人だそうですね」

「まあ、達人と言われるとくすぐったいですが、一応の修練は積みました」

「その立場からの御意見をうかがいたいのですが、合気道には、相手の首筋を狙って突く技があるのでしょうか？」

「——」

足をとめた倉田は、京子のほうへと向き直った。

（そうか、この人は……。）

目が合った瞬間、堪《たま》らない孤独に襲われた。

（この人は、私を疑っているのだ……。）

倉田は今、生まれて初めて、人から疑いを持たれることがどんな気持ちのするものかを知った。

しかも、その疑いは的を射ている……。

「はい。合気道にも、突き技はありますよ」

「そうなんですか……」

「合気道の場合、相手の技を受け、その力を利用して投げるものと理解されがちですが、そもそも相手が初手で仕掛けて来る攻撃は、短刀を持って突いて来ることを想定しています。様々な技をかけやすくするため、間に突きの動きを入れることも多々あります。動きの中で行なうため、それがいわゆる突きとは見えない場合もあるのです」

「――」

「さあ、もうよろしいですね。どうぞ、お帰りになってください」

倉田は、厳かに言った。

三章　決断

1

雑居房では、十二畳の広さの部屋に六人が寝起きをともにしている。大して広さがない部屋に大の男が六人並んで寝るのだから、他人の鼾《いびき》や、気配そのものが気にならないわけがない。最初は、どうにも寝つけなかった。

就寝だけじゃない。四六時中看守たちの厳しい目にさらされ、周囲と同じ行動を強いられる暮らしは、苦痛以外の何物でもなかった。雑居房のトイレは周囲が素通しのガラス壁で、小便はまだしも、大便をするのには抵抗があり、入所後しばらくは便秘に苦しんだものだった。

しかし、人間というのは何にでも慣れてしまえるものらしい。一カ月としないうちに、何もかもがあたりまえと感じられるようになった。そして、あれこれと理屈をこねて考えるより、こうした不便な暮らしに身を委ねることこそが贖罪《しょくざい》なのだと確信したのだ。

だが、堪えられないのは、規則に則《のっと》って暮らすことではなく、そうした規則一辺倒の暮らしの中に、こっそりと身勝手なことをする人間が紛れ込んで来たときだ。――そのことを、村井拓弥は服役後じきに思い知ることになった。

刑務所には独居房もあり、模範囚が希望すればそこで過ごすことができる。しかし、拓弥自身がそうしたいと思ったことはなかった。ひとりで長い時間を過ごすよりも、たとえ相手がどんな人間たちであるにしろ、話し相手がいたほうがいいと思ったためだ。

ヤクザは決して独居房を希望しないというのが定説だった。理由は簡単だ。彼らは必ず雑居房を仕切るようになる。いくら看守の目が光っていても、同じ房の人間たちはそれこそ寝食をともにしているのだ。同じ房の六人にしかわからない力関係が当然生じるし、そのトップの座にはヤクザが坐る。植松大助《うえまつだいすけ》のようにだ。

植松は一見穏やかな老人で、雑居房のまとめ役を自任している節があったが、これが間違いのもとだった。小さなことにこだわり、長い間それを根に持って、ねちねちと嫌味を言う性格なのだ。雑居房でもめ事を起こしたり大きな声を出したりしたならば、すぐに看守が飛んで来る。植松のようにねちねちと嫌味を言うことが、本人にとっては最も効果的な憂さ晴らしになる。

オープンデイから一日経った今日の夕食時も、植松は拓弥の隣に陣取り、天童小百合の屋外コンサートの様子を根掘り葉掘り訊いてきた。そして、拓弥が答えるたびに、あからさまに溜息《ためいき》をつき、ねちねちと嫌味を繰り返した。

「ちきしょう、おまえだけが、小百合さんの歌をじかに聴きやがって」

植松大助は天童小百合の大ファンで、自分がコンサート会場に入れる三十五人に選ばれなかったことが悔しくてならないのだ。

しかし、選んだのは刑務所の看守たちであって、選ばれた拓弥には何の責任もない。そもそも、模範囚で、刑期満了まで一年未満という条件に当てはまらなければ選ばれるわけがなかったのだし、拓弥を恨むのはお門違いのはずなのに、そうした理屈の通じない相手なのだ。

(理不尽だ……。)

拓弥は箸を片手に、うつむき加減にぼそぼそと答えつつ泣きたい気分だった。

――だが、それはまだマシなほうだった。

消灯時刻が過ぎ、うとうとしかけたとき、異様な雰囲気で目が覚めたのである。

異様とは言え、しかし、それはむしろ馴染みのものだった。さすがに毎晩ではないが、時折、こうした雰囲気に出くわしてきたのだ。男同士が息を殺し、こっそりと互いの体をまさぐり合う秘密めいた雰囲気に……。

(あと二百八十五日……。あと二百八十五日の辛抱だ……。)

拓弥は、薄い布団に顔を埋《うず》めるようにして、胸の中で秘密の呪文を唱え始めた。こうして出所までの日数を数えていれば、大概の嫌なことは忘れてしまえる。ほんの僅かだが、体が軽くなるような気がする。たぶん、こういう感覚を「希望」と呼ぶのだろう。

拓弥は目を閉じ、何も聞かないことにした。何も耳に入って来ないし、入って来たって、ないものにしよう……。微かな尿意を覚えたが、我慢の一手だ。やり過ごしていれば、もう一度眠ってしまえるだろう。刑務所では、何もかもやり過ごすのが大事なのだ。もしかしたら、社会復帰をしたあとだって、それが最も大事な処世術かもしれない……。

だが、昨夜につづいて連ちゃんとは……。しかも、今夜のほうが、昨夜よりも見境のないものになっている気がする。本人たちは息を潜めているつもりかもしれないが、昨夜よりもずっと大胆で、それに時折、気色の悪い喘《あえ》ぎ声が漏れるのだ……。

屋外コンサートの会場でじかに天童小百合の歌を聴いた拓弥に対する、あてつけかもしれない。本当は拓弥が起きているのに気づいていて、あえて大胆にこんな声を聞かせているのかもしれない。――そんなふうに思う一方、拓弥の中で、もうひとつの疑惑も芽生えていた。

(もしかしたら、あいつら、ドラッグをやっているんじゃないだろうか……。)

無論のこと、拓弥自身が実際に試したことなどはないが、性的な快感を高める目的で使用する合成ドラッグの存在は知っていた。ヤクザの植松は、自分の彼女である鬼奴《おにやっこ》こと鬼塚明《おにづかあきら》とともに、ドラッグをやっているのではないのか……。

そうだとしたら、きっと看守たちの中に誰か植松と繋がっている人間がいるのだ。さもなければ、こんなに容易《たやす》く、天童小百合のコンサートがあったあとを狙ってドラッグを入手できるわけがない。

だが、そう考えると益々恐ろしかった。この不正を告発したら、どんな目に遭わされるかわからない……。

ただ寝たふりの一手だ。

(あと二百八十五日……。)

秘密の呪文を再開しかけたときだった。

「うう……」

低い呻《うめ》き声が聞こえ、拓弥はぎゅっと目を閉じたままで体を硬くした。

（あからさまに声を出すなど……。ちきしょう。やりたい放題だ……。）

そう思って怒りを押し殺したが、どうも何かが変だった。息遣いが、昨夜とは違う。なんだか苦しげだ……。ドラッグをやり過ぎたのかもしれないし、単に老体には二日もつづけてドラッグを楽しむのが無理だったのかもしれない。

目を開いて様子を窺おうとすると、隣の布団の囚人が暗闇の中でじっと目を開き、こっちを見ているのに気がついた。梅田《うめだ》という名のさばけた性格の男で、みなから「梅さん」と呼ばれていた。

「放っておけ。関わらないのが、一番だ」

梅田が潜めた声で言い、拓弥は小さくうなずいて見せた。そうだ、関わらないのが一番なのだ。

「ねえ、ちょっと、どうしたの……？」

鬼奴のささやき声が聞こえた。

「ねえ、親分……、植松さん……。ちょっと、いったいどうしたのよ……」

声に滲む戸惑いが大きくなった。もっとも、「親分」というのは鬼奴がそう呼んでいるだけで、実際にはある暴力団の幹部らしい。組を仕切る人間の兄貴分に当たるが、植松本人はそういった能力に欠け、小さな縄張りをひとつ与えられて体《てい》よく追い払われたらしかった。

「あら、やだ……。この人、泡を吹いてるわ……。どういうこと……。ちょっと誰か……。ねえ、みんな起きてったら、親分が泡を吹いちゃってるのよ」

身じろぎする音がし、鬼奴がいよいよ大声になった。

「うるせえな。おまえら、さんざっぱら楽しんでたんだろ。こっちは元々不眠症ぎみで、ちょっと前にやっと眠ったところなんだ。大人しくしてろよ」

梅田の向こうで眠っていた囚人が鬼奴を怒鳴りつけた。性的暴行で五年の刑期を食らっていて、いつも植松からなんだかんだと難癖をつけられることが多い男だった。

「そんなこと言ったって……、親分が泡を吹いちゃってるんだってば……。ねえ、ちょっと、放っておいて死んだりしたら、私、嫌よ……。みんなの責任になっちゃうわよ」

「馬鹿野郎！　なんでみんなの責任になるんだ。自業自得っていうんだよ。おまえと植松以外にゃ、誰も責任なんかねえさ。もしもその爺《じじい》がおっ死《ち》んだら、おまえのせいだぞ」

「そんな……、私、嫌よ……、こんな爺の巻き添えを食うなんて……。あら、やだ……。私もなんだかふらふらする……。やだわ……、胸が苦しい……」

拓弥は我慢しきれずに寝返りを打ち、鬼奴のほうを向いた。布団に坐り込んだ鬼奴は、片手を植松の体にかけ、不安そうにきょろきょろしていたが、

「ねえ、看守さんを呼んでちょうだい。変なのよ……、心臓がドキドキするの。なんだか、私も起きてられない……」

体の芯が抜けたみたいにへにゃりと横に倒れてしまった。

「ああ、もう面倒臭《くせ》えな……」

梅田が吐き捨て、背中を向けた。

「ドラッグの過剰摂取でしょ。そうに決まってる。下手をすると、命に関わりますよ」

元は証券会社の営業をしており、お得意様の老人たちから金を騙《だま》し取っていた男が言ったが、

自分では看守を呼ぶ気配もなかった。

「先生――。先生――。すぐ来てください！　大変です!!」

刑務官のことは「先生」と呼ばなくてはならない。仕方なく、拓弥が大声を上げた。

2

浅い眠りから目覚めると、右からも左からも、同房の受刑者たちの寝息がしていた。鼾をかく者、歯ぎしりをする者……、男臭い匂いが充満し、どうにも慣れることなどできない。だが、殺人の法定刑は、気が遠くなるほどに長い。その歳月をここで過ごす以上、こうした環境にも慣れなければならないのだ。

寝返りを打って目を閉じたとき、背中の方向から声がした。

「おい、おまえだ」

あれは看守の工藤悦矢だ。

「おい、おまえだよ。呼ばれてるのがわからんのか。すぐに体を起こして返事をしろ。命令に従えないなら、すぐに懲罰房行きだぞ」

こんなふうに責められる覚えなどなかったが、何の理由などなくても気分次第で責め立てるのが、工藤のような看守なのだ。目を開け、仕方なく体を起こすと、いつの間にかドアを開けて雑居房に立ち入っていた工藤が、蔑《さげす》むような目を向けていた。

「受刑者番号は？」

「は……？」

「おまえの受刑者番号だ。受刑者番号を言え」

そう命じられ、あわてて頭を働かせるものの、どうしたことか思い出せない。

「なんだ、まだ覚えてないのか？」

「しかし……」

「しかしも案山子《かかし》もない。これからおまえはずっと番号で呼ばれるんだ。番号が、おまえなんだよ。それを覚えてなくて囚人が務まるか」

「――」

何と答えていいかわからない……。

工藤の横には、所長となった布留川が立っていた。工藤と同様に、蔑むような冷たい目でこっちを見ている。

「なぜだ……。なぜきみが所長に……？」

「決まっているでしょ。それは、あなたが罪を犯したからですよ。あなたはこの関東中央刑務所の面汚しだ」

倉田は悲鳴を上げた。

（……。）

掛け布団をはねのけて上半身を起こすと、全身にびっしょりと汗をかいていた。まだ寒さを残す春の夜の空気が濡れた体を包み、肩が冷たくなっていた。夢の世界の不快感が、まとわりついて離れなかった。悪夢。英語でナイトメアーと呼ばれるものを、生まれて初めて経験したのだ。

（捕まってはならない……。）

胸に刻むように思った。それは保身とかを超えた、本能的な欲求だった。決して捕まってはならないのだ。

神経を逆撫でする音の正体に気づくまでに、僅かながらも時間が必要だった。電話が鳴っている。

倉田はあわてて布団から身を起こした。急に体を動かしたことで血圧が下がったのかもしれない。一瞬、立ちくらみがし、中腰の姿勢で固まった。

壁に手を突き、寝室からリビングに出る。玄関に近いほうにある電話台へと歩き、受話器を持ち上げた。

「お休みのところを申し訳ありません」

処遇部長である布留川の声が聞こえて来て、倉田は反射的に身を引き締めた。壁の時計に目をやってから、たとえ就寝中でも腕につけたままの腕時計の文字盤を見た。午前四時十七分。まだ、夜明けまでは間がある。こんな時間に所長に連絡が入るとは、何かただならぬことが起こったのだ。

「いいや、大丈夫だ。何事です？」

「はい……、それが……」と、布留川は一瞬、言いよどんだ。「実は、収容棟内で事故がありまして」

「どんな事故です？　何があったのか、報告してください」

「はい……、受刑者がふたり、急病で医務室に運ばれました……。それが、吉村先生の見立てによると、どうやらふたりとも、合成ドラッグの過剰摂取による中毒症状だと――」

「合成ドラッグの中毒症状――」

倉田は急に口の中が乾くのを感じた。恐れていたことが起こってしまったのだ……。

（自分のせいだ……。）

工藤悦矢があのヤクザ者っぽい男からドラッグと思われる包みを受け取ったのを知った直後に、もっと徹底して手を打っておくべきだった。

「ふたりの状態は？」

「はい、ひとりはまだ三十代と若く、比較的軽症で済みそうですが、もうひとりは高齢なこともあって、意識不明の重態です」

「受刑者の誰です？」

倉田の問いかけに、布留川は手順通りにまず受刑者番号を述べてから、ふたりの氏名を口にした。

「若いほうは鬼塚明。年配で重症なのは、植松大助です」

およそ七百名いる受刑者の中でも、その何人かは特に要注意人物として、日頃から動向が倉田の耳に入っている。暴力団の幹部である植松もそのひとりだった。

壁のスイッチを押し上げてリビングの灯《あか》りをつけた。

「わかった。すぐに行く」

受話器を置き、新しいワイシャツを出して着替えると、洋服簞笥《だんす》のいつも決まった場所に掛けてある制服をハンガーから外した。

医務室は収容棟の出入り口付近にある。受刑者たちの体調管理全般に責任を負うとともに、急な怪我人や病人に対応できるように医師が常駐している。手術を含む専門の治療を必要とするような場合には、看守がつき添って外部の病院へと移送する場合もあるが、簡単な外科的処置ぐらいならば施せる治療室も設置されていた。

普段は人の出入りが少なく、医務官の吉村に助手の看護師がひとりいるだけで閑散とした場所だが、今は雰囲気が違っていた。主に看守長クラスの人間たちが大勢、落ち着きなくうろうろし、小声で何やら言葉を交わし、物々しい雰囲気になっていた。

そうした看守たちが倉田の姿に気づき、一斉に壁際に寄って敬礼をした。廊下の先にある病室の入り口付近にいた布留川が、倉田に走り寄って来た。

「こんな時間に、御苦労様です」

「いいえ、布留川さんこそ大変でしたね。御苦労様です」

倉田はいつもの丁寧な応対を崩さなかった。こんなときこそ、所長の自分が率先して対処に当たり、そして、部下たちを労わなければならない。

「植松は中ですね?」

「はい」

布留川が道を譲り、倉田は病室に足を踏み入れた。

「診察室」の奥に、ベッドを三つ並べた部屋がひとつ。ベッドとベッドの間が白いカーテンで仕切られているのは学校等の保健室を思わせるが、それとは圧倒的に異なるのは、入り口には鉄格子がはまり、さらにはベッドの間も直接行き来ができないように金網の柵《さく》で仕切られていることだった。無論、窓にも頑丈な鉄格子がはめられている。

ベッドはひとつだけが使用中で、痩身の老人が横たわって点滴を受けており、横に白衣姿の吉村がつき添っていた。

吉村は椅子から立ち、倉田に頭を下げた。やはり眠っているところを叩き起こされたのだろう、側頭部の毛が、刈り残された西洋芝みたいに立っていた。

「幸い、植松がドラッグの残りを隠していたので、おおよその成分がわかりました。最近、《ラブ・アフェア》の呼び名で盛んに出回っている合成ドラッグでしたよ。いわゆるセックス・ドラッグの一種です。しかし、不純物が多いため、摂取量をちょっと間違えたり、連続的に摂取したりすると、中毒症状を起こすと問題になっているんです」

吉村は、自分でも寝癖が気になるのか、話しながら左手でしきりと頭髪を撫でつけていた。

「なるほど……。それで、容態はどうです？」

「まだ何とも言えませんが、ドラッグの種類が特定できたので、適当な解毒剤を処方しました。ただ、高齢なので、本人の体力次第ってとこでしょうな――」

「うむ、そうですか――」

吉村が遠慮がちながら顔を覗き込んでいることに気づき、はっとした。こんな事態になってしまったことへの後悔に苛《さいな》まれているところだった。

「大分お疲れじゃないですか？」

「いや、そんなことは……」

倉田と同じ三年前にここに赴任して来た吉村とは、肝胆《かんたん》相照らす間柄だ。言葉を探す倉田を前に、吉村は壁際の台車へと歩いた。医療器具を置いた台車の端っこに、ポットが載っていた。

「コーヒーがたっぷりあるんですよ。今日はこの患者につき添って、朝までになる恐れもあると思いましたので、部下に頼んで淹《い》れて貰いました。よかったら、所長も一杯どうです」

「いや……」

と倉田は遠慮しかけたが、思い直して貰うことにした。

「そうですね、それじゃ、お言葉に甘えて一杯お願いします」

「安い豆ですが、まあ行けますよ」

倉田は礼を言って受け取った。

熱いコーヒーが沁《し》み渡るにつれ、頭がいくらかすっきりした気がした。早く、いつもの自分に戻らなければ。

「ええと、もうひとりの鬼塚明のほうはどこです?」

「あの男は症状が軽かったので、軽い治療で終わりましたよ」

「雑居房の点検は?」

この問いは、布留川に向けられたものだった。

「はい、既に行なっています」

布留川が答え、

「それに、症状が軽かった鬼塚のほうは、今夜のあのエリアの担当看守長である工藤君が、既に別室で尋問を始めています」

さらにそうつけ足した。

「……」

倉田は反射的に何か言い返そうとしたが、できなかった。

担当看守長の立場の人間が聴取を行なうのは、当然のことなのだ。

「鬼塚の体調は大丈夫なんですか……？」

「はい、その点は問題ないと思います」

吉村が言った。「まだクスリの影響が若干残っているでしょうが、工藤さんが少しでも早く尋問を始めたほうがいいと判断しました」

「なるほど……」

布留川が倉田のほうに顔を寄せて、声を潜めた。

「所長、まさかとは思いますが……、一昨日《おととい》のオープンデイの日に、何者かがこっそりとドラッグを受け取って、収容棟内に持ち込んだのだとしたら大変です」

「落ち着いてください。受刑者たちが《刑務所ツアー》の一般参加者と直接接触する機会はなかったはずです」

「しかしですね、受刑者のうちの三十五人が、グラウンドで行なわれた屋外コンサートに参加しています」

「――」

倉田は布留川の顔を見つめ返して首を振った。

「彼らは全員、模範囚の中の模範囚ですよ。しかも、一年以内で服役を終える者ばかりを選んでいる。まさか、そんな彼らが――」

「もちろん、私だってそうは思います。それに、私が先頭に立ってあの三十五人に対する監視態勢を整えました。コンサート中も、四方に加えて、真横と真後ろにひとりずつ看守を配置しました。ですから、間違いはないと思うのですが……、万が一を思うと、不安で……」

倉田はどう応対するか迷った末、結局、微笑んで見せた。

「それはきっと、布留川さんの取り越し苦労ですよ」

「はい、私もそう思うのですが……。しかし、オープンデイの直後というのが気になりまして……、ついそんなことを……」

「いずれにしろ、浮き足立って、そう先走るのはよそうじゃありませんか」

倉田がいくら励ますように言っても、布留川の心配そうな様子は和らがなかった。

3

宿酔《ふつかよ》いで頭が痛かった。スマホに手を伸ばしたのは、呼出音で眠りから引き戻されたものとばかり思ったためだった。しかし、違った……。誰かが、インタフォンを押している。和賀正樹は昨夜――というよりも、明け方近くまで飲んだ酒の影響でまだぼんやりとした頭をなんとか擡げ、手にしたスマホで時間を確かめた。

七時五十分――。

まだ八時前だ。こんな時間にインタフォンを押すのは、いったいどこのどいつなのか……。ちょっと前なら宅配便を疑ったが、今はドアの前に宅配用のボックスを設置してあるし、宅配業者のほうも「置き配」を奨励しているので、こんな時間に鳴らすとは思えなかった。

となると……、唯一の可能性として思い浮かぶのは、昨夜校了した今週号の入稿原稿に何かの誤りがあり、急遽、印刷所から戻され、いくら電話をしても飲んべえのライターが起きないので、編集者があわてて飛んで来た……という、そんな悪夢のような事態だった。

転がり落ちるようにしてベッドを降り、それでまたズキンと頭痛に襲われた和賀が、正に這《は》うようにして玄関ドアを開けると、飾りけのないショートヘアーの女性が半ば茫然《ぼうぜん》とした様子でこっちを見ていた。

「参ったな……、いったい、何の御用でしょうか?」

和賀は体を起こし、またもや襲い来る頭痛に顔をしかめた。本当は「何時だと思ってるんですか」と非難がましく言いたかったのだが、相手が案外と美人だったので遠慮したのだ。それにしても、やけに背が高い女性だった。

「すみません、起こしてしまいましたか。フリーのライターの方はあちこち飛び回っていらっしゃると聞いたものですから、出かけてしまう前に話をうかがえないかと思いまして――」

のっぽの綺麗な女性が見るからに狼狽え、率直に詫びるのを見て、和賀は苦笑をこぼした。

「こんな時間から起きているフリーは、おそらく日本中に誰もいませんよ。起きてるとしたら、前日に書き終えるべき原稿が終わらず、完徹をした朝ぐらいでしょう」

「あら、そうでしたか……。すみません。次にどなたかを訪ねるときには、参考にします」

「それで、何でしょう?　僕に、どういった御用でしょうか――?」

和賀は苦笑し、そう質問を向けた。

「失礼しました。私、警視庁の花房京子と申します。実は、名越古彦という男性のことで、少しお話を聞かせていただきたいのですが」

女性が呈示した警察のＩＤを見て、和賀は驚いた。

「刑事さんですか……？」

「はい、主に殺人事件を担当しております」

「殺人……」

花房京子と名乗った女性刑事の答えを聞き、和賀の中で、フリーライターとしての興味が涌いて来た。

彼女の後ろを、ゴミ出しに行く様子の主婦が通りしなに、胡散《うさん》臭げに和賀を見た。

「まあ、立ち話もなんですから、どうぞお入りになってください」

和賀は、花房京子を中に招き入れた。

しかし、そうするとすぐ、この部屋の汚さに愕然とした。この仕事部屋兼住居の部屋に来るのはライターや編集者の飲み仲間ぐらいで、それも滅多になかった。数年つきあった某大手出版社で編集をやる女性と別れてからは、異性がここに足を踏み入れたことは一度もない。和賀はあわてて窓を開け、アルコールと男臭さの混じった空気を表へ追い出した。

だが、花房京子は少しも気にしない様子で、

「あら、すごい本と雑誌の量ですね……。なんだか憧れてしまいます。私も読書が大好きなのですが、今の仕事に就いてからは、本を読む時間がなかなか取れないのが悩みのタネなんです」

部屋の壁の一面全部を埋めて置かれた本棚を眺め回し、しみじみと言った。

「本ってやつは、無理やりにでも読まないと読めませんよ。でも、読むべき本ならば、たとえどんな状況で読もうとも、すぐに頭に入ってくるものです」

ついそんな講釈を垂れてしまった自分に赤面しかけたが、女性刑事は感心した顔でうなずいてくれた。和賀はテレビを観るときに使っているカウチを京子に勧め、自分は仕事机の椅子を引きずって来てその向かいに坐った。

「ええと、名越古彦と仰いましたか――？」

そして、そう尋ね直した。どこかで聞いた名だと記憶にあったが、毎週、週刊誌の取材で大勢の人間に会うので、すぐには思い出せなかった。

「はい、一昨日、関東中央刑務所の敷地内で首を吊って亡くなっているのが見つかりました。自宅を訪ねましたところ、和賀さんの名刺がテーブルの小さな箱の中にあるのを見つけたんです」

「関東中央刑務所で……。ああ、そういえば、そんなニュースが出てましたね。雑誌の校了前でバタバタしてたので、夕食どきにスポーツ新聞でチラッと見かけただけでしたけど……」

そのときにはそれ以上のことは何も思わなかったのだが、今、改めてこの女性刑事の口から「関東中央刑務所」という言葉を聞いて記憶が刺激された。

「ちょっと待ってくださいね。名越……、名越……。ええと、それは、関東中央刑務所に服役していた男でしたっけ……？」

「はい、そうです。およそ三カ月前に、仮釈放で刑務所を出ました」

「ああ、思い出しましたよ。模範囚で、刑務所の炊事当番を務め、死刑囚にも三度の食事を運んでいた男です」

「模範囚で、死刑囚に食事を――？」

「ええ。御存じかどうかわかりませんが、関東中央刑務所は未決囚も収容する刑務所なんです。死刑囚もそこにいるわけでして、当然、死刑も執り行なわれます」

「和賀さんは、誰か死刑囚の取材を？」

「はい。寝屋秀典《ねやひでのり》の取材を行なっていました」

「寝屋秀典ですか――」

花房京子の様子から、和賀は察した。やはり警視庁の刑事である彼女は、この名前を知っている。

「確か五、六年前に、合計八人の幼女を暴行し、殺害した容疑で逮捕された男ですね」

しばらく無言で待ってみると、彼女は自分からそう口にした。

「はい、その寝屋です。僕がメインで書いている週刊誌で、二年前ぐらいから寝屋の事件を取材して記事にしてましてね。数名の記者が集まって、まあちょっとした取材班を作り、集中的にあの事件を調べていたんです。先々月、その特集記事の連載が終わりました。突貫工事でそのまま本作りにかかり、来週から書店に並びます。我々ライターの手元には、もう見本用の本が来てます。できたてのホヤホヤですよ」

和賀は席を立つと、仕事机の傍に積んである本の一冊を手に取り戻って来た。

「この本です。幸いなことに、もういくつか書評用の取材やインタビューの依頼が来てるんです」

「それはおめでとうございます。ちょっと見せていただいてもいいですか」

花房京子はお祝いの言葉を述べつつ、本のカバーを凝視した。何かよほど興味を刺激されたらしい。

《幼女連続殺人事件の謎――紛れ込んだ冤罪事件》

カバーには、そうタイトルが打ってある。

「寝屋秀典が犯したとされる幼女連続殺人の中には、冤罪が紛れ込んでいるとお考えなのですか？」

まあ、誰でもこのタイトルを見れば、そう訊きたくなるだろう。寝起きにもかかわらず、和賀は段々と愉快な気分になってくるのを感じた。こういう飾りけのない雰囲気の女性が、元々好みなのだ。

「朝一番にコーヒーを飲むのが習慣でして、そうすると頭が働き出すんです。よろしかったら、おつきあいいただけますか？」

和賀はそう言って腰を上げ、部屋の片隅にあるキッチンカウンターへと歩いてコーヒーメーカーをセットした。

ついでにトイレに行き、一晩の間に溜まっていたアルコール混じりの尿を排出した。洗面所で顔と手を洗い、ちょっとはマシな男に見えるかと正面の鏡で確認し、キッチンに戻ってでき上がったコーヒーをふたつのカップに注いだ。

「どうぞ、コーヒーにはこだわってるので、結構いい豆なんです」

カップのひとつを京子の前に置き、自分はブラックですすりつつ、いったんキッチンに戻ってクリームとシュガーを持って来た。

「ええと、それで、冤罪の件ですよね。寝屋秀典がやったとされる八件のうち、二件については冤罪だったはずです。僕だけじゃなく、取材に当たった人間はみなそう確信してますよ」

「二件が冤罪ですか……」

花房京子はコーヒーカップには手をつけないまま、木の葉形の綺麗な目で和賀を見つめて来た。

「ええ。しかも、そのうちの一件については、我々の取材で、ほぼ間違いなく真犯人を確定しました」

「え……、そうなんですか……？」

「はい。警察の資料から事件当時の様子を再検証し、手分けして取材を行なった結果、新たな目撃者が浮かびました。詳しい過程は本に書いてありますが、その目撃証言から容疑者が絞り込めて、本人にも当たりを取ったんです」

「本人に会ったんですか――？」

和賀は、相手が話に釣り込まれて来たのを感じた。

「はい。僕が会いましたよ。一緒に取材をしてるもうひとりのフリーライターと、それにカメラマンも連れて会いに行きました。問い詰めると怒り出して、途中で取材をやめねばなりませんでしたが、アリバイがないし、その被害者の女の子が通っていた幼稚園で目撃されたりもしていて、限りなくクロの印象です」

「その話は、担当した県警や所轄には？」

「取材の形で警察幹部の方にお会いして、話しましたよ。しかし、おわかりでしょ。もちろん、取り合っては貰えませんでした。警察も、他の役所同様、無謬《むびゅうせい》性を堅持するので」

つい勢いづいて言ってしまってから、機嫌を損ねたかと思ってひやっとしたが、目の前の女性刑事はしきりと何かを考えている様子こそ窺えるものの、和賀の言葉に反発する感じは少しもなかった。

それは取材を通して出会って来た警察官のみならず、役所や大企業の人間など、自分の組織が少しでも批判されると目くじらを立てたり、そうはせずとも言葉数を減らすなどして不快がっていることを示そうとする人間たちとは、まったく異なる反応だった。

和賀は、花房京子がコーヒーに一度も口をつけていないことに気がついた。

「いけね。コーヒーは苦手でしたか――？」

「いえ、そんなことはないんです。私、ちょっと猫舌でして……」

花房京子はなんだか言い訳がましく言い、そそくさとクリームをコーヒーに入れた。その後、スティックシュガーの端っこを切って注ぎ込むとそれをあわてて手で隠し、さも何もなかったかのようにもう一本スティックシュガーを手にしてそれもコーヒーに注いだ。

(甘党なんだな……。)

と思って見ていた和賀は、彼女が三本めのスティックシュガーを手にするのを見てさすがに驚いた。

「あ、あの……」

思わず上半身を乗り出して口走ると、彼女はあわてて手を引っ込め、

「あ、すみません……。私、ほんとを言うと苦いコーヒーが苦手で……。いつでも、刑事部屋で

もそれで馬鹿にされるんです。でも……、さすがに三本は多かったですね……。ええ、大丈夫です……。二本で充分です……」

力説する彼女につい噴き出しそうになるのを、和賀は必死で堪《こら》えた。

カップを口に運んだ花房京子は、苦い薬を服む子供のような表情を一瞬しかけたが、その後、思ったよりも注射が痛くなくてほっとした子供の顔つきに転じた。

（なんだか可愛い人だな……。）

和賀は、ふっとそう思った。

「お話をうかがっているうちに段々と思い出して来ましたが、確かあの事件は、三つの県に跨《また》がって発生したんでしたね。しかも、期間も、最初の被害者と最後の被害者の間には、四、五年の開きがありました。そのため個別に捜査が行なわれ、連続暴行殺人事件であると認めるまでに時間がかかってしまい、そのことも犯人逮捕に支障をきたす大きな要因になったのでは――」

花房京子は、何事もなかったかのようにカップを戻すと話を再開し、そう質問を振って来た。

「その通りです。ただし、最後の事件で寝屋秀典が被害者の幼女を連れて自転車で走っている姿を捉えた防犯カメラの映像が見つかり、それが犯人逮捕のきっかけとなりました。その後、証拠固めと長い取調べの結果、合計八件に及ぶ事件との結びつきが明らかになったのですが、取調べにはいささか強引なところがあったようで、実際には寝屋がやったのではない二件の未解決事件までが、すべて寝屋の犯行とされたんです」

「そのうちの一件には、別に犯人らしき男が浮かんだということですが、残りのもう一件もその男の犯行だったのでしょうか？」

「いいえ、違います。そっちは被疑者不詳のままです。六番目の被害者とされている、佐藤美咲《さとうみさき》ちゃんのケースです。我々の取材でも、残念ながら新たな手がかりは見つかりませんでした」

「実際には寝屋が犯人だという可能性は？」

「いいえ、それもありません。本にその辺りの疑惑が詳しく書かれていますが、当初、犯人が被害者の女の子を連れ去ったとされる夕刻には、実は寝屋には確固たるアリバイがあったんです。自転車で転んで脛《すね》を四針縫うことになり、医者で手当てを受けていたことがわかりました。しかし、そうすると事件を担当した警察は、時刻を三時間近くあとにずらし、夜になってから連れ去られたことにしました」

「そうすると、夕刻から夜まで、女の子はどうしていたんです？」

「泣き疲れ、人目につかないどこかでじっとしていたために誰にも見つからなかったというのが、警察の見解です」

「……」

「寝屋自身、最初は夕刻に女の子を連れ去ったと供述していたのに、追加捜査でこのアリバイが確認されると、夜になってから連れ去ったと供述を翻《ひるがえ》しました。しかし、傷を四針縫った寝屋が、そもそもその夜のうちに出歩けたとも思えません」

「自白を強要された――？」

「そういうことです」

「そして、真犯人はわからず仕舞いなんですか？」

「ええ、そうです。この事件については、我々の取材でも、そこまでは明らかになりませんでした」

花房京子は、無言でコーヒーをすすった。

和賀はそうする彼女を前にして間を置いたが、何も話の効果を狙ったためではなかった。この女性刑事が、警察のこうした対応にどう感じているのかを知りたかった。

「そして、正にこの事件の取材に名越古彦が関係して来るんです」

「どのように？」

「関東中央刑務所を取材しているときに、この名越が模範囚として未決囚の配膳係を務めていたことがわかりました。それで刑務所での寝屋の様子を聞きたいと思い、ちょうど出所した直後に取材に行ったんですよ。ところが、これは完全な期待外れでした。まあ、僕らの取材は大方が外れで、その中から少しずつ真実に近づいて行くしかないのですが、それにしても名越古彦の場合は、口から出任せを聞かされただけでした。さっき彼の名前をすぐに思い出せなかったのも、実はそのためです」

「名越古彦は、どんな話をしたのですか？」

「寝屋秀典が、本当は六番目の被害者である美咲ちゃんも、自分がこの手で殺したと告白するのを聞いたと言うんです」

「それは、また……」

「だけど、これは、完全に口から出任せのデタラメでした。六番目の事件については、冤罪の可能性が高いと思うが、獄中で寝屋は何か言っていなかったかと質問を向けたんですよ。それに対して、名越は即座に否定し、いや、やつは自分がやったと嘯《うそぶ》いていたと答えたのですが、信じられませんでした。なにしろ、こっちは、寝屋にはアリバイがあったことがわかっていましたからね。それで、根掘り葉掘り問い詰めたら、段々不愉快そうにし始めまして、じきに馬脚を露《あら》わしました。彼がそれを聞いたのは、死刑執行の前日だと言うんです。配膳係として、死刑前日の夕食を配膳したときに聞いたと言うんですよ。もう、こうなったらぶちまけてしまうが、本当は自分がやったんだ。冤罪を主張する人権派弁護士も、我々マスコミも、まんまと騙されただけだとせせら笑っていたと言うんです。しかし、それで口から出任せを言っているのだとわかりました。だから、雑誌連載時も、単行本にするときにも、やつの証言は採用しませんでした」

「なぜ、出任せだと？」

「簡単なことです。日本の死刑制度では、当日の朝に死刑執行を本人に伝えることになっていて、前夜にはそれを知りようがないんです」

「ああ、そうでした。アメリカではひと月ぐらい前までには伝えるのに、日本は当日の朝になってから伝える。どちらのほうが人道的なのかといった議論を読んだことがありました」

「難しい問題ですね。日本では昔は前日の夜には伝えていたそうなんですが、それを聞いて自殺を図った囚人が出たため、今のように当日の朝に伝えるようになったそうです。ま、いずれにしろ、名越の場合はただの出たがりだったんですよ。取材をしていると、結構そういう人間に出会うんです。嘘を言って、取材者の関心を引こうとするんです」

和賀はふと、目の前の女性刑事が何か考え込んでいるらしいことに気がついた。

「どうかしましたか――？　何か僕の話に気になることでも？」

「いえ、そういうわけではないんです……。確かに事件の捜査でも、口から出任せを言う人間に出くわすことがあります。しかし、その場合、結構上手く嘘をつくんです。なぜ名越古彦は、死刑執行の前夜に寝屋がそういった話をしたなどと、すぐにわかるような嘘を言ったのでしょうね……？」

「さあ……、それは、執行日の朝に初めて死刑執行が告げられることを知らなかったからじゃないですか──？」

「しかし、実際に模範囚として配膳を行なっていたのなら、知っているのが普通だと思うのですが……」

「──」

「寝屋の死刑執行が、当日の朝伝えられたというのは確かなのでしょうか？」

「それはもちろん、確かですよ。死刑執行は当日の朝になって告知されるのが現在の決まりです。もしも例外が生じた場合には、必ず話題になっているはずです」

「では、名越は確かに寝屋秀典の配膳係をしていたのでしょうか？」

「それも間違いありません。その点については、きちんと別の人間にも確認済みです」

「そうですか……。しかし、そうすると、やっぱり変ですね……。どうしてすぐにわかってしまうような嘘をついたのか……」

花房京子は、みずからに問いかけるようにつぶやいた。

「どうでしょう……。ただの出たがりのホラ吹きだからではないでしょうか……」

「かもしれませんね……。しかし、どうもいったん気になってしまうと、気にしつづけてしまうタチでして……。誰か、寝屋秀典の死刑が執行された当時のことを、詳しく話してくれそうな人物に心当たりはありませんか?」

「それなら、まあ、いないわけでもないですが……」

花房京子は、和賀の答えを聞いて目を輝かせた。

「御紹介いただけますか?」

和賀はちょっと迷ったが、期待を寄せる彼女を前にして、断ることはできなかった。

「まあ、いいかな。ちょうど適当な人がいますよ。そのとき未決囚の収容エリアを担当していた刑務官で、福富《ふくとみ》さんという人です。勾留中の寝屋とも、色々と交流がありました。気さくな方で、無論、話せる範囲でですが、取材にも協力して貰いましたよ。この三月で定年退職したはずですから、何か話してくれるかもしれません。ええと、ちょっと待ってください。本を贈呈するつもりで、御自宅の住所も聞いてあったはずです」

和賀はスマホを取り上げ、取り込んである福富のデータを呼び出した。

「ああ、あったあった。フルネームは、福富靖男《やすお》さんでした。データを転送しましょうか?」

「よろしくお願いします」

京子は転送されたデータを確認し、礼を述べた。

「ところで、この御著作は、書店に並ぶのはこれからなんですね」

「ええ、配本はこれからです」

「読んでみたいのですが、今、お手元にある本を買わせていただいてもよろしいでしょうか?」

「興味を持ってくださったのならば、差し上げますよ」

「いえ、それでは申し訳ないので——」

「なあに、これも宣伝ですので進呈します」

「ありがとうございます。でも、申し訳ないですから、ちゃんとお代はお支払いします」

「それでしたら、今度一度、食事につきあって貰えませんか。軽く飲むのでも歓迎ですよ。女性刑事さんの経験談を、機会があれば一度じっくりお聞きしたいと思ってたんです」

和賀はそう言って微笑んだ。今までつきあった女性からは、普段のちょっとニヒルな印象が、笑うと急に可愛く見えるとお墨つきの笑顔だ。

花房京子は、にこっと微笑み返した。

「話せないこともありますが、それでもよろしければ、ぜひ。私もフリーのライターの方がどういった事件を調べていらしたのか、一度お話をうかがいたいです」

「ほんとですか。望むところですよ」

和賀は、張り切った。

「花房さんは、お酒はお強いんですか?」

「そんなに量は飲めないですが……、でも、苦いコーヒーよりはよっぽど飲めます」

「それは頼もしいな」

「でも、お互いに仕事の話をするのならば、アルコールのない場所のほうがいいかもしれませんね。なんなら、同じ部署の若い男性刑事も連れて行きましょうか。矢部という者がいるのですが、優秀な後輩でして、きっと和賀さんのお仕事の参考になると思います」

(ふたりで飲むことを、やんわりと断っているのかな……。)

和賀は一瞬そう思ったが、その笑顔には邪気がないようにも見え、なんとも判断ができなかった。

4

（何がなんだかわからない……。）

繰り返し襲ってくる困惑と恐怖の波に翻弄されつつ、村井拓弥はじっと歯を食いしばっていた。それ以外にはできることがなかった。夜明け前に始められた「尋問」は、朝食の休憩を間に挟み、長時間にわたってつづけられていた。

その間中ずっと、植松大助をどう思っていたか、「鬼奴」をどう思っていたか、ふたりの関係をどう思っていたかと、繰り返し何度も同じ質問がぶつけられた。

そして、決まって最後には、この質問がやって来た。

「やつらふたりにドラッグを渡したのは、おまえだろ――」

拓弥はもちろん否定しつづけたが、繰り返し同じことを訊かれるうちに、段々と頭がぼうっとしてしまった。質問をぶつける刑務官のほうは順番に替わったが、それを受けるのはずっと拓弥ひとりなのだ。

いったい、どれだけ時間が経ったのか……。

いつまでこんなことがつづくのだろう……。

「鬼奴」こと鬼塚も体調が回復して尋問を受けているらしいことは、取調べ官から聞かされてわかっていた。それによると、「鬼奴」はドラッグが刑務所に持ち込まれた経緯については、何ひとつ知らないと繰り返し主張しているらしかった。

それでどうして疑いがこっちに向いたのか……、拓弥にはまったく合点がいかなかった。同じ房で過ごして来たとはいえ、植松とも鬼塚とも親しくした覚えはないし、むしろ迷惑を被って来たというべきだ。拓弥も同じ房の他の受刑者たちと同様に、植松たちふたりを敬して遠ざけて来たのである。

同じ雑居房の残りの三人もまた、自分と同じようにこうして延々と尋問を受けているのだろうか……。

(それとも、まさかとは思うが、自分ひとりだけが標的になっているのか……。)

そんなふうに思うと、不安がいや増してくる。そして、頭がぼうっとしてしまうのだ……。

尋問役が何人も替わる中でも、エリアの担当看守長である工藤だけは留《とど》まりつづけていた。みずから尋問するとき以外もずっと壁際の椅子に足を組んで坐り、見下すような視線を拓弥へと注ぎ、そして、時折苛立《いらだ》たしげに咳《せき》ばらいをしたり、椅子を鳴らしたり、さらには横からいきなり怒声を浴びせかけたりした。

「いつまでそうやって強情を張っているつもりだ」

「もう、そんな答えは聞き飽きた。いい加減に、ほんとのことを言ったらどうだ」

と。

最初のうちは工藤に対して感じていた反感や反発も、時間が経ち、疲労が嵩《かさ》むにつれて段々と薄れてしまった。一々抵抗する気力が失《う》せて来たのだ。

(所長の倉田さんならば、信じてくれる……。)

（倉田さんにきちんと釈明したい。）

そんなふうに思っていた気持ちも、今ではすっかり失せていた。この人だけは……、と頼りにしていた倉田は、一度は取調べの様子を見に来てくれたものの、結局、何も言わずに立ち去ってしまったのだ。結局、あの人も、普段は口先でいいことを言っていても、いざとなったら事なかれ主義で保身に走るひとりに過ぎなかったということだ。

「所長、お願いです。信じてください」

必死でそう声を上げてしまった自分の姿を思い出すと、屈辱で眩暈がした。そうしてやっと声を出せた瞬間、拓弥はみずからの願いがいとも容易く打ち砕かれるのを目にしたのである。

驚いたようにして拓弥を見つめ返した倉田の瞳を、気弱な小さな影がよぎって行った。それはほんの微かな変化に過ぎなかったが、確かに過ったのだ。そして、それがあっという間に倉田の全身を包んでしまった。

倉田はもう、拓弥が知っていたはずの倉田ではなかった。いや、ただの一受刑者に過ぎない拓弥などが、所長である倉田の本性を何ひとつ知ってなどいなかったことが、今日、はっきりわかっただけだ……。

あれが所長の本当の姿だ。今までは、拓弥たちがただ勝手に期待をしていただけだ。自分たちひとりひとりのことを理解するのは無理にしろ、少なくとも理解しようと努めてくれる所長だと、勝手に誤解していただけの話だ……。

拓弥は自分が心の暗い独房へと独りで取り残されるのを感じた。

「おい、替われ」

壁際の椅子から立った工藤が尋問役の看守の肩をぽんと叩き、拓弥の前に陣取った。また、この男の尋問が始まるのだ……。

（もう、いい加減にして欲しい……。）

（いっそのこと、ドラッグを渡したのが自分であるとは認めないまでも、何か相手が喜ぶようなことを言って話を合わせれば、このバカバカしい尋問が終わるのではないか……。）

そんなふうな気持ちが起こりかけるのを、拓弥は必死になって抑えつけた。きっと、こんなふうにして人は屈服し、ありもしない事実を認めてしまうものなのだろう。

（だが、そんなことは御免だ。屈服してなるものか。）

しかし、工藤が発した一言が、拓弥を激しく動揺させた。

「おい、おまえの内縁の妻が、以前、ドラッグ使用で逮捕されてるな」

いきなり工藤からそうぶつけられ、拓弥は硬直した。見えない棍棒《こんぼう》で、側頭部を思いきり殴りつけられたみたいな気分だった。

「それは昔のことです……」

急に喉の渇きを覚え、かさつく声しか出せなかった。

工藤が、せせら笑った。

「ドラッグってのはな、一度始めたらやめられないものなんだ。そういう連中が、どれだけここにいるか、おまえだってよく知ってるだろ」

「美里は違う……。あいつはただ、悪い男に引っかかっただけだ……」

「で、その男をおまえが半殺しにし、こうして服役してるんだな」

「――」

「俺たち刑務官は、記録を読んでるんだよ。おまえらのことは、何もかもお見通しだ」

「――」

「すべて素直に話して楽になったらどうだ。シラを切り通そうとしても、どうにもならないんだぞ」

「俺はやってない。何度言ったらわかるんだ」

「貴様、その反抗的な態度は何だ？」

「いや……、俺は……」

「ならば言ってやるがな、オープンデイの日、内縁の妻の美里が来ていただろ。しかも、天童小百合のコンサート会場にいたという証言があるんだ」

拓弥は言葉をなくした。

（くそ、なぜそんなことが看守に知られたのか……。）

胸の中で舌打ちするとともに、思い出した。同房の梅田に、美里の話をしたのだ。それを梅田が、看守に告げたにちがいない。

だが、梅田を責められなかった。ここでは、看守の命令は絶対なのだ。ただひたすらに服従することが、刑務所で生きるということだ。誰も信用してはならない。ぽろっと漏らした一言が身を滅ぼしかねない。そう肝に銘じていたはずなのに、つい気を許してしまった自分の責任だ……。

看守に対し、もしも何か隠し事をしていたことがあとになって発覚した場合には、懲罰の対象になる。懲罰を受ければ、仮釈放のタイミングが遅れる。そうした恐怖に駆り立てられて、誰もが絶対服従の態度を取るようになる。拓弥自身だってそうなのだから、梅田を責められるわけがなかった……。

「どうした。何も答えられないのか。村井、おまえは俺たち刑務官の目を盗み、内縁の妻からドラッグを受け取ったんだろ。そして、それを同じ房の植松に渡した。そうだな。素直に白状しろ！」

「自分はそんなことはしておりません……。お願いです、信じてください」

拓弥は絶望的な気持ちで訴えかけたが、工藤には端《はな》から聞く気があるようには見えなかった。

「素直に吐け、村井！」

拓弥は悟った。あとは罪を認めるまで、看守たちの追及が延々とつづくのだ。それが、世の中の仕組みというやつだ。

（だが、俺は負けないぞ。）

最後には自分の意志で踏みとどまらねばならない。踏みとどまった人間には僅かながらも希望があるが、投げやりな気持ちになったとき、大切なものが音を立てて崩れていく。

そのことを、拓弥は刑務所の生活で学んだ。諦めてしまえば楽になる……。どうせこんな人生だと思ったとき、人は自分の人生をみずから手放してしまっているのだ。

（踏みとどまってやる。）

腕を組み、拓弥は工藤の顔を真正面から見据えた。

「貴様、その態度は何だ――」

「俺はやっていない。やっていないものをやったと言い張るならば、証拠を見せてみろ」

工藤の脂ぎった額に太い血管が浮き上がり、その顔が怒りで赤くなって来た。

関東中央刑務所の管理室には、常時十二人の刑務官が交代で勤務し、壁の一面を埋めた防犯カメラの映像をチェックしている。

設置費及び維持管理費がかかり過ぎるため、受刑者のプライバシーに配慮するという名目で雑居房にこそ防犯カメラが取りつけられていないものの、「懲罰房」と呼ばれる独居房にはつけられているし、他にも工場、運動場、図書室、調理場、それに浴場など、一定数以上の人間が同じ時間帯に密集する可能性がある場所には、すべてカメラが据えられていた。

さらには、収容棟の出入り口はもちろん、面会棟の廊下、それに正門と北門のふたつはカメラで見張られている。

こうしたすべての映像を、この管理室のモニターを使って交代で監視し、少しでも怪しい動きがあったときには、無線で担当部署へと連絡を入れるのだ。

少し前にシフトの交代時間が来て、夜勤から昼間の第一シフトへと切り替わった。一シフトの十二人が、さらに六人ずつふたつのグループに分かれ、交代でカメラの映像を見張るのだ。当番の時間中は、映像から目を離すことは御法度だが、お互い適当に世間話をする程度は許されている。神経を張りつめ過ぎると集中力がつづかなくなるため、適度に緩めながら勤務に臨むのである。

だが、今朝は違った。夜勤からの引き継ぎで部屋に入った瞬間、十二人の刑務官たちは皆そこにいる人の姿に驚き、緊張し、黙々と勤務をつづけることになった。

所長の倉田が操作盤の端に陣取り、無言でじっと何か作業をしていた。

シフトの班長が全員を代表するようにして何をしているのか尋ね、自分たちも手伝うことを申し出たが、「気になる映像があるのでチェックしている」が、「ただ念のために確認しているだけ」とのことで、やんわりと断られた。

所長がチェックしているのがオープンデイの日の北門付近の録画映像であることは、察しがついた。画像の中では、正門をひっきりなしに人が出入りしていたが、そんなことはオープンデイの日以外にはなかったからだ。

シフトの人間たちも、今日の夜明け前に受刑者のうちのふたりが薬物中毒を起こしたことはもちろん知っていた。

所長はあの事件に関して、何か独自の情報を得て、自分の目でそれを確認しているにちがいない。

この所長ならばきっと、何か有力な手がかりを見つけてくれるにちがいないというのが、全員に共通の気持ちだった。


（これだ。この男に間違いない……。）

目の疲労に堪えながら防犯カメラの映像をチェックしつづけていた倉田は、ついに自分の捜す男を見つけ、拳を小さく掌に打ちつけた。間違いない。刑務官の工藤悦矢とこっそり会い、工藤にドラッグを渡したのは、間違いなくこの男だ。

物陰からチラッと見ただけではあるが、倉田は仕事柄、人の顔を覚えるのに長けていた。服装も記憶と一致する。念のために時刻を確認すると、十二時五十四分。時間もぴったりと合う。北門を入り、あの旧講堂と旧収容棟の間の通路で工藤と落ち合ったのだ。

「何かわかりましたか——?」

斜め後ろから、遠慮がちに声をかけられ、どきっとして振り向いた。シフトの責任者である看守長が思いのほかすぐ近くに立っており、他の十一人もそれぞれ自分の居場所から動かずにこそいるものの、倉田にじっと視線を注いでいた。

ちょっと前に拳を掌に打ちつけたのは、思わず無意識にやってしまったのだが、彼らはみな倉田の一挙手一投足に注意を払っていたのだ。

「ええ、まあ……」

「誰か目星をつけた人間が映っていたのですね——?」

期待を込めた目に出くわし、倉田は無下《むげ》にはできなかった。しかし、説明を求められても、詳しく話すことなどできようがない。

「まだ確証はありませんので、話を広げないようにしてください」

言葉を選び、それだけ告げた。

「承知しました」

倉田は男の顔ができるだけはっきりわかる映像を選び出し、可能な限り顔の部分を引き伸ばしてからUSBメモリに収めた。

そして、足早に部屋を出た。自分の背中を追って来る部下たちの視線が重たかった。

慣れない作業に目の疲労が嵩んでおり、廊下を歩きながら両目のきわを指先で揉《も》んだ。

そうしていると、作業の間にも繰り返し思い浮かんだ村井拓弥の顔が脳裏に浮かんで来た。あの受刑者に、自分の弱い心を見透かされたような気がしてならなかった。

村井拓弥は、倉田が保身を図ったと思ったにちがいない。事なかれ主義の結果として、村井拓弥の言い分に耳を貸さなかったと感じたにちがいない。

階段を降りると、処遇部で働く職員たちが倉田の姿に気づき、いつものようにそれぞれその場で頭を下げた。

「ちょっと出て来る」

倉田は、近くにいた職員にそう声をかけた。

「どちらに？」

と訊かれるのもまた、いつものことだった。

「所轄署に、今度の事件のことで相談しに行って来るよ」

特に言い訳を考えていなかった倉田は、そう答えて正面玄関を出た。職員用の駐車場に駐めた車に乗って走り出した。

5

退職しておよそ二週間、福富靖男にとって今年の春は、いつもと勝手が違っていた。

刑務官として勤め始めてからはいつも、年度はじめに当たる春のほうが、元日よりもずっと新たな始まりと感じられたものだった。

下級刑務官だった頃は別だが、看守長になって以降は、だいたい三年置きぐらいで転勤を繰り返して来た。中には二年以下の場合もあった。刑務官にとって、そうした内示が下る春は、ただ気持ちを新たにするだけではなく、勤務地自体が新たに変わる季節でもあったのだ。

子供たちが小さかった時分には、家族全員で官舎に暮らし、妻も子も転勤先へとついて来てくれた。だが、長男が高校に入った年からは、さすがにそうはいかなくなった。東京の郊外に新居を構え、福富は単身赴任で刑務所を回ることになった。

あれから十六年、独りで合計六カ所の赴任先を回った。定年を機にこの家へと戻って来たが、長男は既に結婚し、勤め先に近いところに購入したマンションで暮らしているし、長女のほうも都心への通勤にもっと便利な場所で暮らしたいと言い出し、福富と入れ替わるようにしてこの春から独り暮らしを始めた。

すっかり広くなってしまった家での妻との暮らしは、何が不満というわけではないのだが、なんとなく物足りなく、また時には寂しく感じられるものだった。

福富は看守長だった頃、官舎のリビングに部下たちを招いて、一緒に飲み明かすことが好きだった。そんなふうにして部下たちとの関係を深めることが、仕事をスムーズに運ぶコツだと思ってもいた。

「コミュニケーションならぬ、飲みニケーションだよ」

などとダジャレを言い、オダを上げたものだった。

だが、この家に戻ってからは、一緒に飲める誰かが近くにいるわけでもなかった。

同期はみな再任用制度によって六十五歳まで働くことにしたので、飲みに誘おうにも予定が合わなかったし、こちらが都合をつけて会ったとしても、それでまた職場の話を聞かされることを思うとげんなりしてしまう。

何か趣味を持たなければという思いから、近くの市民センターで行なわれている水彩画教室に通い出したのだが、他のメンバーは全員が福富よりもずっと年上ばかりで、場違いな場所へ紛れ込んでしまったような気がしているところだった。

終了の時間が来てロビーに降りると、程よい距離を置いて配された丸テーブルのひとつにいたショートヘアーの女性が立ち上がった。

階段を降りて来る人間たちの顔にひとつずつ目をやっていたが、福富のところで視線をとめて見つめて来た。

「失礼ですが、福富靖男さんですか」

福富がロビーに降りて出口を目指そうとすると、彼女は自分のほうから何歩か近づき、そう話しかけて来た。

「はい、福富ですが」

「突然、申し訳ありません。私、警視庁の花房京子と申します。御自宅をお訪ねしたところ、奥様から、今日はここで絵を習っていらっしゃるとうかがったものですから、終わるのをお待ちしてました」

「そうでしたか。警察の方となると、何か火急の用件だったのでは？　途中で声をかけてくださってもよかったのに」

「いえ、そういうわけでもないのですが。実は、福富さんが刑務官として最後に勤務していらした頃のことで、少しお話を聞かせていただきたいんです。今、お時間はよろしいでしょうか？」

「ほお、そうですか。なあに、退職後の暇な生活です。時間はいくらでもありますよ。私で答えられることでしたら、なんでもどうぞ。ええと、ここでよろしいですか？」

ロビーの丸テーブルは、午後の遅い時間になると教科書やノートを開いて勉強に励む子供たちが姿を見せるが、昼前の今は誰もいなかった。

「そうですね。そうしたら、お願いします」

福富は、女性刑事と向かい合って窓辺のテーブルに坐った。窓の外には児童広場があり、そこは就学前の子供を連れた母親たちで賑わっていた。今日は朝から曇り日だが、先月までのような肌寒さは感じさせない。気温はすっかり春めいていた。

福富は、先にひとつだけ釘を刺しておくことにした。

「ただし、刑事さんならばおわかりでしょうが、退職したとはいえ、公務員の守秘義務はそのまま生きています。ですから、質問の内容によっては、お答えできないこともあると思いますよ」

馴染んだ台詞を口にすると、現役だった頃の感じがよみがえってきた。

「はい、それは存じてます。実は、寝屋秀典という死刑囚のことなんです。福富さんは、収容中の寝屋の面倒を見ていらしたそうですが」

「それはまた……。その件ですか……。はい、未決囚の担当でしたからね。確かにあの男のことは知っています」

福富は無意識に声を潜め、ロビーの入り口付近にある事務所へと目をやった。ロビーに面した側に受付の窓口があるが、今はそこには誰もおらず、奥のほうで女性がふたり、それぞれのデスクで何か事務仕事をしていた。

　自分が刑務官だったことを、もちろん引け目に感じることなどないし、仕事は何をしていたのかと問われれば自然に答えもしたが、唯一、触れられたくない話題がこれだった。死刑という言葉を口にすると、今でも心にさざ波が立つ。相手だって、例外なく構えた雰囲気になる。

「彼の何をお訊きになりたいんでしょう……？」

「死刑執行前夜のことなんです」

「――」

　福富は、言葉に詰まって黙り込んだ。自然な対応をしたいのだが、顔が引き攣ってしまいそうな気がする。

（まさか、あのことを聞きたいのだろうか……。）

　そう思ったが、警察関係者があのことをわざわざ訊きに来る理由がわからなかった。

「何をお知りになりたいのでしょうか……？」

　花房京子は福富の態度に何か引っかかりを覚えたのか、ふっと顔を見つめ返した。

「名越古彦という受刑者のことも御存じですか？」

「名越……。ああ、知ってますよ。配膳係をしていた男です」

「寝屋秀典に配膳をしていたのも、この名越ですね」

「そうですが……、それが何か……？」

「この名越古彦が、取材に答えて、寝屋秀典の死刑執行前夜の話をしているんです。それによると、寝屋は、今まで無実だと主張しつづけていた佐藤美咲ちゃんという被害者の事件についても、本当は自分がやったのだと名越に打ち明けたというのですが」

「ああ、そのことですか……。ええと、和賀さんという取材記者から、私も取材を受けましたよ。先ほど申し上げたように、守秘義務がありますので、私からはあまり協力はできませんでしたけどね……。もしかして、彼から聞いて私を訪ねて見えたんですか？」

「ええ、まあ……。名越の話では、寝屋は明日が死刑執行と知り、開き直ったような様子でそう語ったそうなんです。しかし、和賀さんたちが調べた結果、六人目の被害者となった美咲ちゃんが連れ去られた時刻には、寝屋秀典は完全なアリバイがありました。それに、そもそも寝屋秀典が翌日の刑の執行を知ることができたわけがないのだから、名越古彦の話には信憑性がないとして退けたそうです。口から出任せを言っていると判断したんです」

「うむ、そうでしょうね……。それに何か不審な点でも？」

「名越古彦が、なぜそんな出任せを言ったのかがわからないんです。それで、福富さんの御意見をお訊きしたいと思いまして」

「いやあ、私はただの刑務官で、未決囚のエリアを担当していただけですよ……。ですから、そういった質問には、ちょっと――」

福富ははぐらかして逃げを打ったものの、花房京子は引き下がらなかった。

「しかし、例えば名越古彦が和賀さんに語った話によると、寝屋秀典は自分の冤罪を信じて支援してくれていた弁護士さんたちをも嘲笑《あざわら》うようにして、本当は自分がやったのだと言ったそうなんです。福富さんの目から御覧になって、寝屋というのはそういった男でしたか？」

微妙に言い方を変えて、同じような点を突いて来る。

「いや、そういった男には見えませんでした。それに、あの男は最後まで二件の犯行については、自分はやっていない、取調官に強要されて自白しただけと主張しつづけていましたよ」

「なるほど――。そうすると、やはりいかにも不自然ですね……」

「ですから、それは名越古彦が、ただ口から出任せを言っただけではないでしょうか」

「だとしても、なぜそんな根も葉もない嘘をついたのかがわからないものですから、福富さんならば何か御存じではないかと思ってうかがったのですが……」

「いやあ、私にも、それはちょっと――」

福富はそう言って口を閉じたが、目の前で若い女性刑事がしきりと考え込む様子を見ていると、もう少し何か言わねばならない気になった。

「なぜそんなことをお気になさるのでしょう？　それは、何か大切なことなのでしょうか……？」

「いいえ、わかりません……。ただ、不自然に思えることをそのままにしていると、大切な真実を見逃してしまう場合があるように思うんです」

「大切な真実ですか……」

「はい」

福富は、ひとつ呼吸した。

「名越がなぜそんな嘘をついたのかはわかりません……。しかし、寝屋秀典が、翌日の刑の執行を知るはずがなかったというのは間違いです……」

「え……、それじゃあ、寝屋はそれに気づいていたのですか……？」

驚く女性刑事を見て、福富は話し始めたことを後悔したが、こういう女性がこうして話を聞きに来てくれたことが、いい機会なのかもしれない。

(隠しておいてもしょうがないのだ……。)

「はい。気づきました。それは私の責任なんです……。和賀さんには言わなかったのですが、恥をお話ししなければなりません……」

「どういうことでしょう――？」

「私が、牡丹餅《ぼたもち》を与えたんです……」

「牡丹餅……？」

「ええ、牡丹餅です」

と、福富は繰り返した。

「やつは、牡丹餅が好物だったのですが、長い刑務所暮らしの間、一度も食べたことがないとこぼしていました。刑務所では、正月には汁粉が出ますし、未決囚も含めて自費でお菓子を購入することも可能ですが、その品目の中に『牡丹餅』はありません。差し入れも、腐る物は許可されず、やはり無理です。そもそも寝屋の場合、身内からは完全に愛想を尽かされていましたし、支援者との面会も制限されていましたので、差し入れをする人間自体がおりませんでした。寝屋は上訴をしつづけ、自分がやったとされる幼女暴行殺人のうちの二件については、最後まで冤罪を主張しつづけていました。こうした死刑囚の場合、法務省からのお達しで、面会も差し入れも厳しく制限されてしまうんです。それもあって、私はある日、寝屋にこっそりと頼まれましてね。もしも死刑が決まったら、最後に牡丹餅が食べたい。そっと牡丹餅を差し入れして欲しいと言われたんです」

「それで、前夜の食事に、こっそりつけ足したのですか——？」

「はい、ポケットマネーで買った牡丹餅を添えました。当日の朝になってから添えることも考えたのですが、死刑執行当日は、朝から上層部の人間たちも集まりますし、人目を盗んで朝食に牡丹餅を添えることは、到底無理だと思いました」

「では、夕食を配膳した名越古彦は、その牡丹餅に気づいたかもしれないですね——」

「ええ、おそらく気づいたでしょう。目立たないようにそっと添えましたが、盆に何が載っているかは、配膳係ならばわかったはずです。今にしてみると、本当に浅はかでした……。しかし、あのときは、そうするのがいいことだと思ったんです。八件の事件中、確かに間違いなく六件は寝屋秀典の手によるものでしたし、それを寝屋自身も認めていました。しかし、二件は警察の勇み足かもしれないのに、それをそのまま放置して、寝屋の死刑を執行していいのだろうかという疑問もありました……。でも、憎むべき幼女連続暴行殺人犯への風当たりは強く、誰もそれを取り上げようとはしません。そして、最後まできちんとした検討がなされることがないまま、法務大臣が死刑執行の書類に判を押しました。それを実行するのは、我々刑務官です。二件の冤罪の疑いが残ったまま、死刑を執行していいのだろうかという疑問が、ずっと私の中にくすぶりつづけていました。いや……、今でもそれはくすぶっています……。しかし、今にして思えば、私は寝屋の小さな願いを聞き届けることで、自己満足をしたかっただけかもしれません……」

「……」

「しかし、私はすぐに後悔しました。自分の浅はかな行動を悔やみましたよ。というのは、やつは翌日が死刑と知り、その恐怖から夕食後に熱を出したんです」

「えっ、本当ですか……。それは、病気とかではなく？」

「いいえ、翌日の死刑執行に差し支えたらと思って我々もはらはらしたのですが、鎮静剤を打って寝かせたら、じきに平熱に下がりました。ショックによる発熱です。医師の先生も、そう仰いました。元々、前日の夜に宣告することをやめたのは、それで自殺を図る受刑者があったためでした。たった一夜とはいえ、人間は翌日自分が殺される恐怖に堪えられないものなのでしょう。それで当日の朝に宣告するようになったんです。それなのに、私の安っぽい仏心が、かえって寝屋を苦しめてしまいました。規則というのは、そうしたことが起こらないように定められているのだと、倉田さんから諭されましたよ」

「倉田さんは、そのことを御存じだったのですか――」

「ええ。寝屋が熱を出し、私が自分から申し出ました。大変なお叱りを受けました。『刑務官は、官服を着ているから刑務官だ』という言葉があるのですが、御存じですか？」

「いいえ。どういった意味でしょう？」

「私は長いことずっとこの言葉の表面的な意味しかわかってはいませんでした。刑務官の服を着ているからこそ、受刑者たちを従わせることができるというふうに理解していたんです。しかし、本当の意味を、倉田さんから教わった気がします。刑務官でいる間はずっと、受刑者の模範であるように振る舞わなければなりません。少なくとも、あの人は、そう解釈していました。いつでも背筋を伸ばして職務に臨み、びしっとしている必要がある。そして、全員が、規則をきちんと順守している必要があります。それなのに、私は寝屋秀典への同情から、それを疎《おろそ》かにしてしまいました……」

花房京子は黙ってうなずき、しばらく何か考えていた。

「寝屋は、高熱を出して呻いている間、何か言ってはいませんでしたか――?」

「いいえ、私は聞いてはいませんが……」

「翌日はどうでしょう? 死刑が執行されるまでの間に、何か言い残したことは?」

「さあ、どうでしょう……。私たち刑務官と、ふたりきりになるようなことはありませんでしたし、私自身は何も……。教誨師の先生や、それに倉田所長ならば何か聞いたかもしれませんが……」

「ちょっと待ってください……。教誨師の先生だけじゃなく、倉田所長も、最後に寝屋と会ったのですか?」

「ええ、会いました」

「それは、ふたりきりで――?」

「そうです。寝屋からそう願い出たんです。教誨師の先生に頼んで、最後に倉田所長とふたりだけで話したいと」

「寝屋から願い出たわけですか……。何を話したかは――?」

「それは私にはわかりません」

「どれぐらい話していたんでしょう?」

「そうですね。確か、五、六分ほどだったと思いますが、もう少し長かったかもしれません……」

「死刑囚が最後に所長とふたりきりで話すというのは、よくあることなのでしょうか？」

「いいえ、ありませんよ。倉田さんだったから、寝屋も最後に、ふたりきりできちんと礼を述べたかったのではないでしょうか」

6

倉田が所轄の刑事部屋に顔を出すと、係長の山田《やまだ》がすぐに机を離れて近づいて来た。受付できちんと身分、姓名を名乗って面会を求めたので、山田は倉田が現れるのを待ち受けていたのだった。

地方の都市では、警察署長、消防署長、それに刑務所長といった人間は何かと会合に呼ばれることも多く、広く顔が知られている。受付の女性は倉田の顔を覚えており、半ばフリーパスで通してくれそうな雰囲気だった。

「どうしましたか、今日は？」

山田は倉田をデカ部屋と隣接した応接室に通し、軽く時候の挨拶めいたやりとりを交わしてからそう訊いて来た。

「捜査協力の依頼です」

と、倉田は話の口火を切った。

「実は、オープンデイの日に、合成ドラッグが刑務所内に持ち込まれた疑いがありまして。今日の早朝に、ドラッグを使用した受刑者二名が、過剰摂取による中毒症状を起こしました」

「それは、また……。受刑者たちの具合は、どうなんですか？」

「ひとりは幸い軽い症状で済みましたが、もうひとりは高齢ということもあって、現在、予断を許さない状況です」

「大変ですな、それは──」

眉間にしわを寄せ、

「それで、協力依頼というのは？」

と先を促す山田の前に、倉田はポケットから取り出したＵＳＢメモリを置いた。

「このＵＳＢに、オープンデイの日に北門を通過した人間たちを捉えた防犯カメラの映像が保存されています」

「ほお……、すると、その中に、ドラッグを刑務所内に持ち込んだ者がいる可能性があると？」

倉田は一瞬、答えをためらった。自分があの日、あの旧講堂と旧収容棟の間の通路で目撃したことについては、何も話してはならないのだ。

そのためにはどう告げるべきかを予め思い定め、ここに来るまでの車中で何度もおさらいを重ねてきた。だが、いざ話すとなると、ふっと不安が頭を擡げていた。

「実は、匿名のタレコミがありまして、犯人らしき男に目星はついているんです」

「そうですか。それはよかった。じゃあ、その男がこの中に？」

「はい、収められています。顔認証ソフトで、その男を確認していただきたいのですが」

「なるほど、そういうことですか。ただ、顔認証技術は大分進歩していますが、顔が部分的に隠れていたり、確認しにくい角度だったりすると、まだ充分に検証できないんですよ。それに、御存じのようにプライバシーの問題がありますから、顔認証で身元が割り出せるのは、警察のデータベースに入っている対象だけ、すなわち前科者だけです」

「ええ、わかっています」

倉田は冷静に対応したつもりだったが、急く気持ちが滲み出ていたのかもしれない。

「これは釈迦《しゃか》に説法でしたな。とにかく、映像を見てみましょう」

山田はUSBメモリに一瞥《いちべつ》をくれると、応接室のドアを開けて半身を廊下に出した。

「おい、誰かタブレットを持って来てくれ」

山田の求めに応じて部下が持って来たタブレットを受け取り、倉田が待つ応接ソファに戻り、テーブルに置いたタブレットにUSBメモリをセットした。

「なるほど、この男ですか」

「そうです」

タブレットのモニターには、さっき刑務所の管理室で確認した男の映像が映し出されていた。

「これならば、顔の全体がわかります。やや斜め上からですが、問題ありませんよ。ちょっと待っていてください、鑑識に行って、顔認証にかけて貰って来ますので」

タブレットごと持って席を立ち、ドアから飛び出して行こうとする山田を、倉田は後ろから呼びとめた。

「ちょっと待ってください。実は鑑識に、もうひとつお願いしたいことがあるのです。二度手間になってしまって申し訳ないのですが、もう一度、鑑識課の職員の方を刑務所に派遣いただき、今度は旧刑務所の通路全体にわたって、潜在足跡を採取していただけないでしょうか」

「全体と仰ると……？」

「レンガ塀との間の通路及び、旧収容棟と旧講堂の間の通路です」

山田はドアノブにかけていた手を離し、ドアの前で倉田のほうに向き直った。

「旧収容棟と旧講堂の間の通路までですか――。いや、もちろん協力することはやぶさかではありませんが、通路全体となると、かなりの広範囲になりますね。理由をうかがってもよろしいですか？」

「首を吊った状態で発見された名越古彦を、自殺ではなく、首吊りに見せかけた殺人だとする意見があるんです」

「首吊りに見せかけた他殺ですか……。それにしても、旧収容棟と旧講堂の間の通路のほうは、あの中庭には通じていないのでは？」

「鍵を使い、旧収容棟の調理場の裏口から入って中庭へ抜けたとする意見もあるんです」

「ほお、そんな意見まで……」

山田はつぶやくように言い、考え込む様子で顔を伏せたが、

「わかりました。そうしたら、鑑識課にそう申請しましょう。いや、何事にも慎重を期す倉田さんらしい態度だと思います。少しお待ちになっていてください」

そう言い置いて部屋を出て行った。

山田の姿を見送った倉田は、応接室にひとりになるなり、急に不安に襲われた。自分からこうして警察を訪れて協力を願い出るなど、どうかしているとしか思えなかった。

刑事部屋に面した側は薄いガラス壁で、現在はシェイドが降りていた。その向こうから、刑事

部屋の喧騒《けんそう》が聞こえていた。犯罪の解決のために働く男たちの動く気配が、濃い霧のようにして部屋を取り囲んでいた。

ドアにノックの音がして、事務職の女性がお茶を運んで来てくれた。二十代前半の、日に焼けた、いかにも健康そうな女性だった。

「ありがとうございます」

と礼を述べる倉田に、丁寧に頭を下げ返して退室した。

長い時間が経過した気がしたが、実際にはほんの十分かそこらだったろう……。

やがて、速足で近づく足音がして、山田が再び姿を見せた。

「わかりましたよ。ヒットしました。この男の名は、須黒龍一《すぐろりゅういち》。東周連合《とうしゅうれんごう》という暴力団の構成員でした」

「やはり、東周連合ですか……」

現在、合成ドラッグの過剰摂取によって重体に陥っている植松大助は、この東周連合の幹部なのだ。

7

福富と別れた花房京子は、市民センターの裏手にある駐車場へと向かった。

だが、そこに駐めてある自分の車には乗らず、その隣に駐車されている黒いセダンの後部シートに乗り込んだ。

「すみません。寄っていただいてしまって」

そこに坐る綿貫に頭を下げてから、運転席の矢部に軽く目顔で挨拶した。

「なあに、電話で報告を聞けば済むというわけにはいかんからな。今回は、おまえにばかり負担をかけちまって、謝らなけりゃならないのは俺のほうさ。すまんな……、おまえひとりを、何度も倉田さんのもとへやってしまって」

綿貫は、そう労いの言葉をかけた。

「いいえ、綿貫さんが自分で動けば、おそらく倉田さんはもっと早くに警戒していたと思います」

「で、どうだ？　やはり、おまえの確信は変わらんか？」

綿貫は背中を浮かし、上半身を京子のほうへと向けて訊いた。

「はい、綿貫さんが疑った通り、名越古彦を首吊り自殺に見せかけて殺害したのは、倉田千尋さんだと思います」

花房京子は、答えをためらわなかった。

「そうか……、やはり、そうか……」

苦い思いがこみ上げてきた。

「しかし、決め手となる証拠は何もないんだな？」

「はい、ありません……」

「もう一度、さらい直してみようじゃないか。倉田さんは、天童小百合の屋外コンサートが始まり、確か二曲目が終わる辺りで席を立って出て行った。それは、隣の緑地広場の端に立ってコンサートを観ていた俺が目にしてる。頭痛がするので薬を服み、しばらく所長室で休むというのが、表向きの理由だった」

「しかし、戻って来た倉田さんは、天童小百合が初めて《青葉城哀歌》を生ギター一本で歌ったことを知らなかったんですね——」

「ああ、知らなかったよ。所長室にいたのならば当然聞こえていたはずなのに、聴いていたふうを取り繕ったので、ふと妙に感じたんだ。だが、それはあくまでも俺の印象であって、状況証拠にすらならん。潜在足跡は？」

「倉田さんのほうから所轄の鑑識に協力を要請し、首吊りが行なわれた焼却炉の周辺だけ調べています。そこに残っていたのは、名越古彦の靴跡だけでした。名越の靴を倉田さんが履き、焼却炉付近まで名越を運び、そして、焼却炉の煙突にロープをかけて吊るしたのだと思います。中庭に面した工場に、受刑者が作った頑丈な椅子がありました。あの椅子を持ち出して利用したのでしょう」

「だが、それを証明する証拠はない」

「はい。旧講堂の床には、最近、モップで拭いたと思われる跡がありました。面会棟の裏から旧講堂の中を通り、旧収容棟の調理場を抜けて裏庭に行ったことは間違いないと思いますが、それも証明できません」

「広範囲に潜在足跡を採取することは拒否されたんだな」

「はい、ダメでした」

綿貫は、ため息をついた。

「考えようによっちゃ、これは完全犯罪だ。刑務所内は、捜査権も含めて所長に全権限がある。倉田さんは名越古彦という元受刑者がよほど許せなかったのだろうが、それにしても、刑務所のエリア内で犯罪を行なうとは考えたものだな……。そこで起こった犯罪についちゃ、こっちは手を出せないんだ……」

「しかし、私は諦めていません」

「わかってるよ。おまえが簡単に諦めるデカじゃないとわかってるから、この件を頼んだのさ。動機のほうはどうだ？　元刑務官の福富から聞いた話を聞かせてくれ」

綿貫に命じられ、京子は少し前に聞いた話を報告した。

「なるほど。福富靖男の〝小さな好意〟が、死刑囚の寝屋秀典に、翌日が執行日であることを悟らせてしまったわけか。配膳係だった名越だって、添えられた牡丹餅を見れば、同じことを悟ったはずだ。しかし、わからないのはその先だ。明日、みずからの死刑が執行されることを知った寝屋が名越に、本当は俺が殺したんだと告げたというのは、いかにもおかしい。俺も事件の記録を取り寄せて読んでみたが、取材記者の和賀という男がおまえに話した通りだった。六件目の佐藤美咲ちゃんという被害者については、完全に取調官の勇み足さ。おそらくは、寝屋の仕業とされた他の事件が次々に立件されるので焦ったのだろうが、それしても杜撰《ずさん》な取調べと言わざるを得ないものだった。この事件については、寝屋がシロである公算が高い」

「それなのに、どうして死刑執行の前日になって、名越にそんな嘘をついたんでしょうね。自分が美咲ちゃんを殺しただなんて――？」

運転席から体をひねってやりとりを聞いていた矢部が、話に引き込まれた様子で訊いて来た。

「そのことなんですが、寝屋秀典は、本当にそう言ったのでしょうか?」

綿貫は、目を細めて京子を見た。

「じゃあ、名越がライターの和賀に嘘をついたと言うのか?」

「私は、その可能性を考えたほうがいいと思います。寝屋が夕食後に興奮状態となって高熱を出したのは、翌日に刑が執行されると知ったショックのためだけではなく、名越から何か言われたせいではないでしょうか」

「なるほどな……。しかし、何を言われたんだろう?」

「断言はできません。しかし、もしやと思うことがあります。突拍子もない推測かもしれませんが、名越古彦のパソコンに隠されていた大量の児童ポルノの映像や、それにオープンデイの日に迷子の女の子を見ていたあの男の目つきから、どうしてもそういった想像が働くんです」

「名越古彦が、六人目の被害者を殺害した本ボシだというのか?」

「はい。突拍子もない推測とは思いますが……」

「いや、実を言うと、俺も同じ推測をしていたところだ。毎日配膳を行なっていた男から、死刑前日の夜になって、おまえの冤罪の真犯人は自分だと耳打ちされたとしたら、誰だって鎮静剤が必要なほど興奮し、高熱を発するはずだ」

「ちょっと待ってください」

矢部が言った。

「名越が耳元で自分が真犯人だとささやいたとしても、寝屋がそれを簡単に信じるとは思えないのですが……」

「だがな、何か〝秘密の暴露〟に当たるものを、名越がささやいたとしたらどうだ」

「なるほど……」

取調べ等で、容疑者が犯人しか知り得ない事柄を自白することを「秘密の暴露」と呼ぶ。ホシであることの決め手となるものだ。

「それにな、なぜ倉田さんのような人が名越古彦に殺意を抱き、そして実行したのかと考えると、俺はこの突拍子もない推測こそが、的を射ている気がするんだ。長年デカをやってきた実感だが、人が犯罪に走る場合、見えない跳躍台があるのさ。それを踏み切ってしまったとき、たとえどんなに善良な人でも、犯罪に身を投じてしまう跳躍台がな」

話す途中から、綿貫は京子のほうへと顔を向けた。

「跳躍台、ですか……?」

「ああ、倉田さんは、死刑が執行される直前に、寝屋秀典とふたりだけで会って何かを話したんだろ」

「はい、そうです。寝屋は教誨師に頼んで、所長の倉田さんとふたりだけで会うことを望みました」

「おそらく、そのときに、寝屋から何かを聞かされたんだ。あの人は、誠実で真っ直ぐな人だ。死刑囚である寝屋秀典とふたりきりで会い、何かを聞かされたことが、あの人の背中を押す跳躍台になってしまったにちがいない……」

「――」

「それにしても、残念でならんよ……。二重の意味で、残念だ……。確かに名越というのは、許せない男だったのかもしれん。しかし、殺人という手段以外で、やつを糾弾する方法はなかったのだろうか……」

「二重の意味でというのは——?」

「ああ、そのことか……。刑務所内の出来事については、所長であるあの人に全権がある。何かを隠蔽《いんぺい》しようとすれば、格好の場所だ。だがな、あの人は昔、俺に、刑務所とは罪を犯した人間を、もう一度社会に戻すための橋渡しの場所だ。自分にとっては、正に絶対的な聖域なんだと、そう話してくれたことがあるのさ。だから、自分たちは必死でその聖域を守るのだとな。それなのに、その場所を殺人計画に利用してしまうとは……。それが残念なのさ……」

「絶対的な聖域、ですか……」

花房京子は、顎を引いて口を閉じた。

一点を凝視し、じっと考えつづける彼女のことを、綿貫は黙って見ていた。この部下がこうした顔をするときには、ただそっとしておいて何も話しかけないのがいいことを、既に経験から知っていた。

「とにかく、もう一度倉田さんに食らいついてきます」

やがて京子は顔を上げ、静かな決意を込めた声で言った。

8

処遇部に属する刑務官は、シフトの時間内は収容エリアで受刑者たちの監視と指導に当たる。

交代後は、デスクに戻り、当番中に起こった出来事を詳しく記録する。何か大きな事件が起こった場合はもちろんだが、そうでない場合も、受刑者たちそれぞれの生活態度を観察して記録するのだ。こうして作成された資料が、やがては仮釈放の審査にも活用されることになる。

その意味では、書類作成も立派な仕事だと意識をしてはいたが、今の和人はなかなか集中力がつづかなかった。処遇部の自分のデスクでパソコンに記録を打ち込んでいても、ついつい手をとめて物思いにふけってしまう。

いうまでもなくそれは、村井拓弥のことが気になってならないためだった。

（いや、それとは少し違うのかもしれない……。）

もっと正確に言うならば、担当の看守長である工藤悦矢が村井拓弥を取調べていることが、どうにも気がかりなのだ。

工藤という看守長は、何かにつけて仕事がおざなりで、後輩の看守である和人から見てもあまり尊敬できる人物ではなかった。刑務官という仕事をつづけている中で、手を抜いても問題にはならない点に精通し、上手く泳いでいるように見える。

どんな組織にもそうした人間はいるのだろうが、罪を犯した者が社会復帰するまでを見守る刑務官にとっては、そんな怠慢は許されないのではないだろうか。

今回の取調べに当たっても、工藤の態度には、合成ドラッグを収容エリア内に持ち込んだのは村井拓弥だと決めつけてしまっている節がある。

だが、本当に村井がやったのだろうか……。

村井は真面目な受刑者だった。服役することになった理由も、内縁の妻が昔つきあっていた男に村井が暴行を働いたためだが、記録によれば、この男はかつて彼女にドラッグを与えていた張本人なのだ。それが再び彼女の前に現れ、ドラッグをエサに昔の世界に連れ戻そうとするのをとめる際に、暴力沙汰になり、腕力の強い村井が相手に怪我をさせてしまったということらしい。

そんな男が、しかもその内縁の妻を使って、ドラッグを刑務所内に持ち込んだりするものなのか……。そう考えると、和人には、村井拓弥を犯人だとはどうしても思えないのだ。

確かに同じ刑務所の敷地内とはいえ、あの日、天童小百合の屋外コンサートが行なわれた運動場は収容エリア外だ。頑丈な鋼鉄の扉と高い塀によって社会から隔絶された収容棟内と比べれば、刑務官の目が行き届かないことはあったのかもしれない。

しかし、村井拓弥を含め、「受刑者代表」としてあのコンサートに参加した三十五人は全員が模範囚で、しかも出所まで一年を切ったものばかりだ。そうした者が、刑務官の目を盗み、ドラッグを収容棟内に持ち込むとは考えにくい気がした。

それに、あの三十五人の周りには、始終刑務官の目が光っていた。コンサート終了後、収容棟内に戻るときには、ひとりずつボディーチェックも受けている。そうした状況下で、こっそりとドラッグを持ち込めたとするのにも無理がある気がする。

別の誰かが、何らかの別のやり方で持ち込んだ可能性を検討し、捜査するべきではないだろうか。

(もしかしたら倉田所長は、その可能性について、何かを具体的に摑んだのかもしれない。)

和人はそう期待していた。

「所轄署に、今度の事件のことで相談しに行って来るよ」

そう言い置いて表玄関を出て行く倉田の姿を、和人もさっき他の刑務官たちとともに目撃したのだ。

(俺に任せておけ。)

あのときの倉田は、所長として、そう言っているように見えた。いつでも態度でそう示して来た人だ。

ああして出て行く前に、倉田がオープンデイの日の防犯カメラの記録映像を調べていたことも、同僚たちから口づてで和人の耳に入っていた。

(所長ならば、きっと正しい答えを見つけ出してくれるにちがいない……。)

処遇部の事務室は、ただカウンターで仕切られただけで玄関ロビーとひとつづきなので、人の出入りが一望できる。

人影に気づいて目を上げた坂上和人は、玄関を入ってくる花房京子を見つけて反射的に腰を浮かせ、あわてて周囲に視線を走らせた。もしも布留川の目にとまれば、けんもほろろな態度で彼女を追い返すことは間違いなかった。

和人は自分の席を立ち、ロビーの花房京子のもとへと急いだ。

「花房さん」

と呼びかける声も、我知らず辺りをはばかるようなものになってしまったが、

「ああ、坂上さん。昨日はありがとうございました」

京子のほうはあっけらかんとしたもので、何のこだわりもない様子で頭を下げた。

近くの席の同僚たちが、ちらちらと目を向けて来る。その中には、昨日、布留川が彼女を罵倒

したことを知っている者もいるはずだ。

「ええと、所長に御用ですか——？」

和人は彼らに背中を向け、自分の体で京子のことを隠すように立った。

「はい。二、三、うかがいたいことがありまして」

「残念ながら、所長は今、留守です」和人はそう言ってから、もう少しつけ足したほうがいい気がした。「警察に行っております」

「こちらの所轄に？」

「ええ、まあ」

「なぜ？」

木の葉形の目の光が強くなり、彼女の好奇心を刺激したことが明らかだった。まずかったかなと思ったが、あとの祭りだ。しかし、この人にはきちんと説明したほうがいいような気もする。自分の口から、所長の行動の正しさを伝えなければ。

和人は左右をそれとなく見渡したのち、手振りで京子を促して廊下の奥へと移動してから、声を潜めてこう説明を始めた。

「刑務所内で、ドラッグを使用する受刑者が出たんです。過剰摂取による中毒症状で、ひとりは幸い比較的軽症で済みましたが、もうひとりは重態です。ドラッグが持ち込まれたのは、オープンデイの日だろうと言われています。それで所長が、刑務所の門に備えつけられた防犯カメラの映像をチェックしていたんです」

「そうしたら、何か見つけ、それを持って所轄に——？」

「はい、そういうことだと思います」

「ドラッグが持ち込まれたのが、オープンデイの日であることは間違いないのですか？」

「ええ、それはおそらく。ただし、どうも自分には納得できない点もあるんです……」

「何です、それは？」

刑務所内部での出来事を、外部の人間に話すべからず、という決まり事が頭をよぎったものの、和人はためらいを振り切って話すことにした。心のどこかに、この女性刑事に話し、そして彼女と一緒に考えることで、何か打開策が浮かぶことへの期待があった。

「天童小百合さんの屋外コンサートを、模範囚の中から選ばれた三十五人が観覧したのは御存じですね。その場で、刑務官たちの目を盗んで、こっそりとドラッグの受け渡しが行なわれたとされているのですが、どうもそれは違うように思うんです」

「屋外コンサートの場で……？」

「ええ。事件が発生したエリアの担当看守長が取調べに当たっているのですが、この人はすっかりその線で決めつけてしまっている節があります」

「でも、コンサートの場で受け渡しを行なうことなど、はたして可能なのでしょうか。周囲には見張りの刑務官の方たちもいれば、他の観客の目もありました。それに、収容棟内に戻るときには、当然、ボディーチェックも行なわれたと思うのですが」

「その通りです。そういったことをかい潜《くぐ》り、ドラッグを受け取って雑居房に持ち込んだというのは、どうも疑わしい気がするんです」

和人は京子が同意見らしいことに励まされてそう述べてから、

「ですから、この事件には、何か裏があるのかもしれません。所長は、その点に疑いを持って、自分自身の手で何かを調べているように思うんですよ」

つい勢い込み、そんなことまで口にした。

「なるほど、そうですか。それで、オープンデイ当日の防犯カメラの映像を——。それを持って所轄に向かったということは、誰か怪しい人物を見つけたということでしょうか?」

「おそらくそうでしょう」

「どんな人物を見つけたのかは?」

「いいえ、それは所長にしかわかりません。管理室担当の人間が手伝いを申し出たのですが、自分の業務を果たせと言われて、叶《かな》いませんでしたので」

「なるほど、そうですか……。倉田さんひとりで何かを探り、それで所轄に向かわれたと……」

その点に引っかかりを覚えるらしく、花房京子は口の中で言葉を転がすようにして言いながら、しきりと何かを考え始めた。

「倉田さんは、なぜその人物に疑いを持ったんでしょうね?」

「それは、タレコミがあったらしいです……」

和人は急に不安を覚え、

「もっとも、これは人づてに聞いただけで、はっきりしたことはわかりませんが……」

そうつけ足した。何か理由がわからない居心地の悪さを感じるのは、なぜだろう……。

そのとき、京子の視線が和人の背後へと動いた。足音が聞こえ、人の近づく気配を感じて振り向くと、処遇部長である布留川がすごい顔で和人を睨んでいた。

「職務中だぞ。こんなところで何をしている。そろそろ自分の当番時間じゃないのか」

冷たい声で、斬りつけて来る。

「はい、業務記録をつけていたところでした……」

「それなら、自分のデスクに戻ってつづきをやりたまえ。今は、そのための時間だろ。休憩時間とは違うんだぞ」

「はい。それはわかっております……」

「わかっているなら、なぜ部外者と立ち話をしているんだ」

「申し訳ありません……」

和人は、詫びるしかなかった。

恥ずかしくて、京子と目を合わせられないまま頭を下げ、逃げるようにして自分のデスクへと急ぐ。

(それにしても、ちょっと前に感じた、あの居心地の悪さは何だろう……。)

そんな疑問がふっと芽生えたのは、デスクに戻り、作業途中の端末を前に坐り直したときだった。

それは坂上和人の胸の中に、黒いシミのように広がった。

(まったく……。昨日、あれだけはっきりと忠告したのに、こうしてまた姿を現すとは……。この女性刑事には呆れるばかりだ……。)

坂上和人を追いやった布留川は、花房京子を睨みつけた。

「花房さん、もうここには来ないでいただきたいと、昨日、そう申し上げたはずですよ」

所長を見習い、職場で声を荒らげたくなかったので、怒りを抑えて冷ややかに告げた。

処遇部の部屋からこちらをチラチラ見る者があったが、布留川が振り向いて視線を巡らせると、誰もがあわてて顔を伏せた。

「はい……、しかし、どうしても、倉田さんにお会いして確かめたいことがあったものですから」

「所長は留守です。坂上から、そうお聞きになりませんでしたか？」

「はい、うかがいました」

「それでしたら、帰ってください。そして、もう二度とここへは来ないでいただきたい。今日は、はっきり申し上げますよ。これ以上、刑務所内の事件に首を突っ込むようならば、法務省を通じて警視庁に正式に抗議します。名越古彦は自殺ですよ。みずから首を吊って死んだんです」

「――――」

花房京子は黙って話を拝聴する姿勢を取ってはいるが、納得しているようには見えなかった。

その顔を見るうちに、布留川の癇気《かんき》が騒ぎ出し、もっと言ってやりたくなった。

「ああ、それに、花房さん。ちょっと前に所長から連絡がありました。所長みずから所轄の鑑識に依頼し、旧刑務所の通路全体にわたり、潜在足跡を調べることになりましたよ。その中には、あなたの望み通り、旧収容棟と旧講堂の間のあの通路も入っています」

「え……、本当ですか――？　それは、倉田所長のお考えですか？」

花房京子が驚く様子を目にし、布留川はいくらか溜飲を下げた。

「もちろん。所長がじきじきに所轄に出向いて依頼したと今申し上げたでしょ。じきに所轄の鑑識がやって来るでしょう。捜査は、我々できちんと行なうということです。ですから、もうこの件には関わらず、こうして顔を出して口を挟むのはやめていただきたい」

強く告げて言葉を切りかけたが、

「もっとも、焼却炉の周辺から採取された足跡は、名越の靴のものだけですから、通路全体を調べたところで何か違いが出るとは思えませんがね。しかし、全体を調べることで、名越以外の第三者があの中庭の焼却炉まで行った可能性が、完全に否定されるでしょう。そうなれば、もうあなたがやって来る理由もありません。ほっとしますよ」

「――」

(してやったり。)

という気持ちで吐きつけた布留川は、しかし、花房京子の態度に不審を覚えた。

一心に何かを考えている。

それは布留川にとってさえ、何か気になる態度だった……。

「さあ、もういいですね……」

そう言いかける布留川を前に、

「あの旧収容棟と旧講堂の間の通路全体を調べるようにと、指示があったわけですね?」

花房京子は、わざわざそう確認して来た。

「ええ、そうですよ。今申し上げた通り、通路全体です」

「なぜでしょう……?」

「はっ……？　それは今申し上げたように、慎重を期すためでしょ。所長の御性格からして、そう考えられると思いますがね。それに、あそこの通路を調べて欲しいと主張していたのは、他ならぬあなたじゃないですか」

「いいえ……、私がお願いしたのは、旧講堂の出入り口から旧収容棟を経て中庭に至るコースの潜在足跡を調べることです……。なぜ倉田さんは、旧収容棟と旧講堂の間の通路全体にわたって調べることを希望したんでしょう……」

「いい加減にしてください。すべてあなたの主張通りに行くとは限りませんよ。我々は、あなたの意見に合わせて捜査を行なっているわけではありませんからね。とにかく所長が判断なさった以上、我々はそれに従うまでです。さあ、話はこれぐらいでいいですね。じきに所轄の鑑識がやって来ます。私が相手をしなければなりませんので、もうお帰りになってください」

「しかし、それにしても、どうしてあの通路全体を……」

さんざんまくし立てる布留川の声が耳に入らぬかのように、花房京子は口の中でつぶやくように言いながら、しきりと何かを考えていたが、

「あ……。もしかしたら……」

やがて、吐息のような声が、その唇から漏れた。胸の中のつぶやきが、自分でも意図せず口から流れ出たものらしかった。

「もしかしたら、何です？」

問いかけた布留川だったが、半ば啞然《あぜん》とし、花房京子の後ろ姿を見送るしかなかった。

「お忙しいところを、失礼しました」

そう言って頭を下げた花房京子は、くるりと体の向きを変えると、野生のバンビが野を駆けるようにして表玄関を出て行ってしまった。

綿貫は、警視庁へと戻る車内で携帯に連絡を受けた。

「花房です。至急、お願いしたいことがあるのですが。倉田さんが所轄に出向き、旧刑務所の通路全体にわたって潜在足跡を調べるように依頼しました。それを、いったんストップして貰えないでしょうか」

挨拶も抜きにしてそう述べ始める彼女の声には、いつにない興奮と切羽詰まった雰囲気が満ちていた。

「おいおい、いきなりそう言われても、何かきちんとした理由がなければ、俺たちだって所轄にストップをかけることはできないぞ。落ち着いて、順に話してくれ」

「すみません。まだ、はっきりしたことは言えないんです。ただの私の思い違いかもしれません。しかし、どうも事件を解くカギが、通路の潜在足跡にあるように思うんです」

「何か閃《ひらめ》いたんだな?」

「はい。それを証明するために、矢部さんにも協力して欲しいことがあります」

綿貫が言うのが耳に入り、ハンドルを握る矢部がバックミラー越しに視線を向けて来た。

「矢部にだと……」

「よし、わかった。かい摘《つま》んで、おまえが見聞きした状況を説明してくれ」

綿貫は言い、携帯を口元から離してスピーカーモードに切り替えた。

9

倉田は所長室の窓辺に立ち、窓の外を見下ろしていた。所長として赴任したどの刑務所でも、こうして窓辺に立って表を見ることを習慣にしていたものだった。所長室の窓は、大概がみな収容棟の巨大な門が見渡せる位置にあり、そこに入って行く者と、そこから出て行く者の姿を目にして瞼《まぶた》に焼きつけて来たのだ。

未だかつて、これほど苛立ちながら表を見ていたことはなかった。理由は、はっきりしていた。所轄の係長である山田から連絡が来て、管内で重大事件が発生したため、鑑識の到着が遅れると告げられたせいだった。

その後、腕時計と壁の時計で何度も時刻を確かめながら待っているが、時は遅々として進まず、鑑識課の人間を引き連れた山田が現れる気配は一向になかった。

日暮れにはまだ間があるのにもかかわらず、窓の外がいくらか薄暗くなって来たことも、苛立ちの原因のひとつだった。重たく澱《よど》んだ雲が、空を覆い始めているのだ。雨が降れば、潜在足跡の採取が困難になる……。

こちらからもう一度連絡をして急かしてみるべきかもしれないと何度か思ったが、あくまでも協力を要請している立場だとの遠慮が働き、さらにはこんなバカげたことはつづけるべきではないという心の奥底の声にもとめられ、ただじっと待ちつづけるしかなかった。

しかし、どうも空模様が怪しい。ネットのエリア別天気予報で確認したところ、降水確率は二十パーセント以下ではあるものの、さっきから濃い灰色をした重たげな雲が広がりつつあった。風が出て来たようで、桜の花びらが、横になびいて散っていた。

ついに正門からそれらしい車が三台連なって入って来るのが見えたとき、改めて時間を確かめると、山田が約束した時刻から一時間近くも遅れていた。

正門の看守には、所轄の人間が来ることは予め伝えてある。車は倉田が見守る前でスムーズに門を入り、庁舎の入り口近くの駐車スペースに並んでとまった。

逸る気持ちを抑えつつ窓の外を見下ろしていた倉田は、次の瞬間、はっと息を呑んだ。

先頭の車から、所轄の山田刑事と一緒に、警視庁の花房京子が姿を現すのが見えたのだ。

(いったい、どういうことだ……。)

嫌な予感に襲われるとともに、ひとつ気がついた。こうして到着が遅れたのには、何か山田が電話では言わなかった理由があるはずだ。

もしかしたら、花房京子が企てた何かの罠《わな》が仕掛けられているのかもしれない。あの若い女性刑事が、実はとても手強《てごわ》く、そして恐ろしい相手であることを、倉田は既に悟っていた。自分が納得しない限り、決して引き下がろうとはしない人だ。

二台目の車から、チンピラ風の男が降り立った。その男が犯罪者であることは、遠目にもすぐに見て取れた。両手に手錠をはめられており、両側から私服刑事につき添われて庁舎の入り口へと向かう。

三台目の車には、鑑識課の男たちが乗っていた。

倉田は大きく深呼吸をして執務デスクに戻った。そこの電話が鳴り、階下の処遇部にいた布留川から、所轄の到着を告げられた。

「上がって貰ってください」

「私も同道しますか？」

「そうですね。布留川さんも一緒にここに来てください。それと鑑識作業については、やはり特別捜査官の任にある坂上君につき添って貰ってください。天候が崩れそうだから、急いでやるようにと伝えてください」

倉田は急いでそう指示を出してから、

「鑑識課のほうで心得ていると思うが、旧講堂と旧収容棟の間も含め、旧刑務所の通路すべてにわたって潜在足跡を採取することを、坂上君にも念を押して徹底してください」

さらにそう念を押して受話器を置き、出入り口のドアをじっと見つめて立った。こうなれば、たとえ花房京子が何を考えていようとも受けて立つだけだ。

やがて、廊下を人の足音が近づいて来て、部屋にノックの音がした。

「どうぞ、入ってください」

倉田の答えに応じ、処遇部長の布留川がドアを開けた。

その後ろから、山田刑事と花房京子がつづき、さらには手錠をかけられた三十前ぐらいの男が、私服刑事ふたりに両脇をがっちりと摑まれて入って来た。

（いったい、何が起こったのだろう……。）

「花房さん、なぜあなたが一緒に……？」

倉田は来訪者たちの一団に視線を巡らせたのち、結局、京子の顔に目を据えて訊いた。

「それはまず、私の口から御説明したほうがいいと思います」

だが、口を開いて答えたのは、彼女ではなく所轄の山田のほうだった。

「それに、鑑識を含めて到着が遅れた理由も説明させてください。実は、先程、所長さんが話しておられた刑務所内のドラッグ事件について、我々のほうで進展がありまして。この男は矢部宏といって、東周連合のチンピラですが、自分があのオープンデイの日にドラッグをここに持ち込んだと、東周連合の本部がある地域を管轄する所轄署に自首をして来ました。それで、本庁に仲立ちを頼みましたところ、こちらの花房さんが来てくださったんです」

「この男が、自首を……？」

「はい」

倉田は困惑を押し隠し、矢部というチンピラに視線を据えた。ハデな格好をして整髪料で頭を固め、いかにも世の中全体を敵に回しているような顔で突っ張っているが、面差しにはまだどことなく幼さが残っているし、育ちは決して悪くない感じもする。ちょっとしたきっかけで、ヤクザに身を落としてしまった口だろう。

「何と自白しているんですか？」

矢部というチンピラから目を逸らさずに、倉田は訊いた。

「はい、オープンデイの日にここに来て、屋外コンサートを聴衆として聴いていた受刑者のひとりに、こっそりと合成ドラッグを渡したそうです」

工藤悦矢が村井拓弥を問い詰めて自白させようとしていることと符合している。つまり、同じシナリオで動いているというわけか……。

「何という囚人に渡したのでしょうか？」

倉田の問いかけに、山田が今度は答えようとせず、矢部の上腕部をつついて促した。

「おい、おまえが自分で答えろ」

矢部は山田を睨み返し、倉田にもガンを飛ばして来た。

「村井拓弥だよ。野郎のスケがヤク中で、俺たちからドラッグを買ってるんだ。そのスケに言って、村井を仲間に引き込んだのさ。そんなことより、植松の伯父貴の容態はどうなんだよ？」

「余計なことを話すんじゃない！」

処遇部長の布留川が、厳しく言い放つ。

「教えてくれたって構わねえじゃねえか……。俺は、こうして自首して来てるんだぞ」

「口の利き方に気をつけろ」

ふたりのやりとりを聞くうちに、倉田には察しがついた。植松大助がドラッグを使用していたことが発覚し、しかも重態に陥っていることを知り、組が事態を素早く収拾するように手を打ったのだ。

倉田は矢部の真正面に立ち、相手の目の中をじっと見据えた。そして、静かに問いかけた。

「おまえがドラッグをここに持ち込んだなど、嘘だな。ほんとは、兄貴分を庇《かば》ってるんだろ」

「なんだよ……。何の話だよ。俺がやったと言ってるだろ」

矢部は睨み返してきたが、倉田が静かに見つめ返していると目を逸らした。戸惑いが滲み出て来るのを確かめつつ、倉田は改めて口を開いた。

「とぼけても無駄だ。そう言って自首するよう、組から命じられているんだろ。おまえの兄貴分に、須黒龍一という男がいるはずだ。本当は、その男がここにドラッグを持ち込んだ。おまえは、須黒の身代わりで自首して来ただけだ」

　矢部はそっぽを向いて何も答えようとはしなかったが、須黒の名前を聞いた瞬間に狼狽えたことは間違いなかった。

「須黒龍一が、オープンデイ当日の防犯カメラに映っていた。あの男が北門から入って来る映像が確認されている。それは、この山田刑事さんも御存じだ」

　山田が目顔でうなずいた。だが、どうしたことか矢部は倉田がそう話すのを聞くと、逆に勢いづいたらしかった。

「俺だってオープンデイの日にここに来てるぞ。防犯カメラの映像が残ってるなら、その目で確かめてみろよ。あの日の十一時過ぎぐらいに、ここに来てるんだ。そして、屋外コンサートが始まるのを待っていた。列を作って囚人たちが会場に入ったので、看守たちの目を盗んで、こっそりとドラッグを村井のやつに渡したのさ。看守どもはみんな天童小百合のステージに目が釘づけで、監視なんかないも同然だったぜ」

「べらべらと余計なことは言わなくていい。訊かれたことにだけ答えるんだ！」

　布留川ががなり声を上げ、判断を仰ぐように倉田を見た。倉田はいくらか迷ったが、いつものように決断を下した。

「本当なんだな？　今言った話に、嘘はないな？」

「ねえよ」

「時間は、十一時過ぎだな？」

「ああ、そうだ」

「どこから入ったんだ？　正門か？　北門か？」

「正門だよ」

直接、矢部にそう確かめると、

「そうしたら、布留川さんが下に行き、管理室で映像をチェックして来てください」

布留川にそう命じた。

「承知しました」

「うちの者も、一緒に行ってよろしいでしょうか。この男の発言のウラを取る必要がありますので」

山田が言い、矢部を引っ立ててきた部下のひとりを布留川と一緒に行かせることにした。

「たとえおまえがここに来ていたことが確認されても、兄貴分の須黒の容疑が晴れるわけではないからな」

倉田は布留川たちが部屋を出て行くと、改めて矢部にそう吐きつけた。

「須黒があの日、ここに来ていたことははっきりしているんだ。おまえは、やつのお供で来たんだろ？」

矢部がかぶりを振る。

「違う。俺がひとりでやったと言ってるだろ。こっそりとひとりでドラッグを村井のやつに渡したのさ。須黒の兄貴は何も関係ない」

「じゃあ、須黒は何をしに来たんだ？」

「そんなこと、俺が知るかよ……」

「いつまでもそう言い張っていられるものではないぞ。刑務所の経験はあるのか？　ドラッグを刑務所に持ち込ませただけでも重大な犯罪だが、もしも植松大助が亡くなれば、さらに罪は重くなる。組から甘いことを色々吹き込まれて来たんだろうが、刑事さんたちに正直に話したほうがおまえのためだぞ」

倉田が静かに言って聞かせると、矢部は戸惑いを大きくして顔をそむけた。ヤクザに染まりきった男ではないのだろう。

「よろしいですか」

黙ってやりとりを見守っていた花房京子が、遠慮がちに口を開いた。

「こうして犯人が名乗り出た以上、こちらに収容中の村井拓弥の聴取を我々で行ないたいのですが、その許可をいただけますか」

「なぜです……？　なぜ、そんな必要が？」

「容疑を直接確認しませんと」

「ちょっと待ってください、花房さん。村井はやっていませんよ。彼には、そんなチャンスはなかった」

倉田は、強く主張した。

「あの屋外コンサート中、受刑者たちの周辺には、ずっと看守の目が光っていました。その隙をついてドラッグを手渡すのなど不可能だし、コンサートの終了後、収容棟へ戻る前には、きちんと手順通りに身体検査を行なってもいます。何かを隠し持って入ることなど不可能です。この男は組から命じられて、ただ嘘を言っているんですよ」

「しかし、それならば兄貴分の須黒という男も告発できないのでは？　それとも、須黒は何か別のルートでドラッグを刑務所内に持ち込んだということでしょうか？」

「それは……」

倉田は口を開きかけて、ふっと思いとどまった。

（これは何かの罠ではないのか……。）

ついさっき窓辺から外を見下ろし、花房京子の姿を見つけたときに感じたのと同じ恐れが、再び頭を擡げていた。

山田がつっと寄って来た。

「倉田所長、署で言っておられたタレコミについて、もう少し詳しく話していただけませんか。何者かのタレコミがあって、防犯カメラで須黒の顔を見つけたんでしたね」

「タレコミですか――？」

花房京子が反応した。

「私もぜひうかがいたいです。それはいったい、どういった内容だったのでしょう？」

「いや、それを申し上げることはできません……。刑務所の規律を守るためには、秘密にしなければならないこともあるんです」

「それはどういう意味ですか？　タレコミの主は、受刑者の誰かということですか？」

京子が釣り込まれたように訊いてから、ちらっと矢部宏に視線をやり、山田のほうに振り返った。

「山田さん、矢部宏を、どこか他の部屋に移してくださいますか。倉田さんと内密の話をしたいので」

「了解しました。それでは、倉田さん、どこか別室をひとつお借りできますか？」

山田の申し出に、倉田は押しかぶせるようにした。

「それは構いませんが、たとえ何と言われようとも、この件については何もお話しできませんよ」

花房京子と山田刑事のふたりからいくらしつこく訊かれたところで、これ以上何かを話すわけにはいかないのだ。

なんとかもうこの話を打ち切りたかった。こうして馴染んだ自分の執務室にいるというのに、普段の落ち着きが取り戻せなかった。危ない斜面を、少しずつ滑り落ちているような気がする。

ドアにノックの音がして、すぐに引き開けられた。布留川が戻ったかと思いきや、現れたのは看守の坂上和人だった。

「所長、よろしいでしょうか。気になる潜在足跡が見つかりました」

意気込んで報告を始めようとする坂上を、倉田は素早く手で制した。

「ちょっと待ってくれ。山田さん、隣の会議室が空いているはずですので、ひとまずその男はそこに移していただけますか」

「了解です」

山田が応じ、部下に顎をしゃくる。

その部下が矢部を連行して出て行くのと入れ違うようにして、今度は布留川が戸口に姿を現わした。

「どうでしたか、布留川さん」

倉田はまず、布留川の報告から聞くことにした。

「はい。矢部宏は、確かに証言通りの時間に映っていました。本人が証言した通り、十一時過ぎに正門を入っていました。念のため、山田さんの部下の方が残って、矢部が正門を出た時刻も確認中ですが、まずは私が一足先に御報告に参りました」

倉田は、うなずいて見せた。みなの視線が自分に向いているのを感じていた。ここでは、倉田がすべてを仕切る責任者なのだ。

「御苦労様です。そうしたら、とりあえず矢部がオープンデイの日にここに来たことは確かなようですね。しかし、それはおそらく、兄貴分の須黒についてきたのでしょう。防犯カメラに姿が映っていただけでは、何の証拠にもなりません。私は、あの男は兄貴分を庇って自首してきたものだと思います。改めて、その線で捜査を進めていただけないでしょうか」

倉田がそう述べて山田に返答を求めると、山田は判断を仰ぐ顔を京子へと向けた。本庁の刑事がつき添って来た以上、所轄としては、本庁に判断を仰ぐのが筋なのだ。

花房京子が口を開いた。

「倉田さん、私だってあの男の主張がおかしいとは感じます。いくら屋外コンサートの最中とはいえ、看守の方たちの目を盗んでドラッグを受刑者のひとりに手渡せたとは思えませんし、万が一それに成功したとしても、収容棟に戻るときのボディーチェックで見つからなかったはずがないでしょう。しかし、ああして自首している以上、とりあえずはその線で捜査を進める必要があります。でも、須黒の犯行について、もしも何かもっと御存じならば、ここで話していただけませんでしょうか。その匿名のタレコミについては、名前を伏せたままで結構ですので」

「所長、私も村井がやったとは思えません。ぜひ刑事さんに打ち明けていただけないでしょうか」

京子の発言に勇気づけられた様子で、和人が言う。

「坂上、出過ぎた発言は控えろ」

布留川が、それを叱責した。

「所長には所長のお考えがあるんだ」

「しかし……」

「我々の務めは、所長を補佐し、忠実に自分の任務を果たすことだぞ」

坂上和人は、布留川に気圧《けお》された様子で顔を伏せた。

「はい……。申し訳ありませんでした……」

だが、そこでいつもと違うことが起こった。

布留川が倉田のほうに向き直り、ためらった末に改めて口を開いたのである。

「所長、私からもよろしいでしょうか……。私は別の意味で、村井がやったとは思えません。あの日の屋外コンサートは、所長が思いを込めたものでした。同じ刑務所の敷地内ではあっても、収容棟の厚い鉄の扉を一歩出て、市民たちに混じり、一緒になって天童小百合の歌を聴くことが受刑者たちにとって大きな励みになるし、必ずや彼らと社会とを繋ぐ架け橋にもなるはずだ。所長のそうした気持ちは、我々刑務官たちはもちろん、受刑者たちにも伝わっていたにちがいありません。村井は、模範囚のひとりです。そして、刑期満了まであと一年を切っています。そんな男が、所長の気持ちを裏切り、あの機会を利用してドラッグを収容棟内に持ち込むとは、私にもどうしても思えないんです。所長はおそらく、誰かタレコミの主を庇っておいでなのでしょうが、どうかひとりで抱え込まないで、真実を打ち明けていただけないでしょうか」

そう訴えかけて来る布留川の目を、倉田は真っ直ぐに見られなかった。

部下たちからはうるさがられ、倉田自身も時には疎ましく感じることがある相手だったが、この男は立派な刑務官なのだ。所長である倉田に対して、ずっと忠実でいてくれた。この男がいつでも気にしているのは、刑務所の秩序を守ることだけだ。

「タレコミがあったのは、いつなのでしょう？　相手は、受刑者の誰ですか？」

花房京子が、勢い込んだ様子で訊いて来る。

「――」

何も答えられない倉田を見て、布留川は彼なりの察しをつけたらしかった。

「花房さん、山田さん。捜査に御協力ありがとうございます。しかし、あとは我々で責任を持って調べ、必要があれば改めて警察に御報告しますので、そう御理解ください。刑務所は特殊な空間なんです。タレコミの主がばれれば、簡単に命すら落としかねません。その点を、御理解くださいますようにお願いします」

（……。）

布留川は山田刑事と花房京子のほうに向き直り、いつもの毅然《きぜん》とした態度で告げた。

「そうですね、所長？」

「ええ、そういうことです……」

倉田は、胸の疼《うず》きに呼吸が苦しくなった。

答える声がかすれていることに気づいたが、どうにもできない。

「ああ、そういえば報告がまだだったね。潜在足跡について、報告してください」

坂上和人に視線を移して、命じた。

あの通路に残った潜在足跡さえ採取できれば、そうすればあそこの物陰で何者かがふたりで向き合って立っていたことが明らかになる。足跡の分析から、その一方は須黒龍一であり、もうひとりは看守の工藤悦矢であることの物証になる。

この先、捜査の過程でふたりに疑いが向けば、足跡が動かぬ証拠になるのだ。

そうなれば、タレコミの主について、名前を明かすようにとこれ以上求められることも自《おの》ずとなくなる。

「はい、潜在足跡が採取できました。旧講堂の出入り口から旧収容棟の調理場の裏口に向けて、あの通路を横切る靴跡が残っていました。そして、その靴跡は、亡くなった名越古彦が履いていた靴のものと一致しました」

坂上和人はそこまで言っていったん口を閉じると、そうすることで勢いをつけるようにしてあとをつづけた。

「しかし、名越古彦が旧講堂の中を横切って向こう側へ抜ける必要などありませんし、物産館の事務室から鍵を盗んで、旧講堂や旧収容棟の調理場の鍵を開けられたとも思えません。誰かが名越の靴を履き、面会棟の裏側から旧講堂と旧収容棟を通り、名越の体を中庭まで担いで運んだにちがいありません。現在、面会棟と旧講堂の間の通路に残った潜在足跡を採取して貰っているところです」

「ちょっと待ちたまえ……」

倉田は、坂上和人の報告を遮った。

「私は、そんなことは一言も命じていないぞ。旧講堂と旧収容棟の間の通路全体の潜在足跡を、隈《くま》なく採取して欲しいと言ったはずだ。なぜそんな勝手な判断をしたんだ？」

自分で思いもしなかったほどに強い声が出た。あの通路全体の潜在足跡を採取しなければ、須黒龍一と工藤悦矢があそこで会っていた証拠を確保できない。

坂上は、戸惑いを露わにした。

「いや……、しかし……、面会棟の裏側の潜在足跡が採取できれば、名越古彦とそこで会っていた人物の靴跡が見つかるかもしれません……」

「……」

（そうだ……、その通りだ……。）

だが、驚くべきことに倉田は今の今まで、そんなことは考えてもいなかった。ただ、自分があの日、旧講堂を抜けた先のあの通路で須黒龍一と工藤悦矢のふたりを目撃したことは伏せたまま、なんとかふたりに捜査の手が伸びるようにしたいと願いつづけていたのである。

「それは、きみ自身の判断かね……？」

「はい、自分が判断しました……。いけなかったでしょうか……。しかし……、所轄の刑事さんや鑑識の方も、花房さんから予めそういった意見を聞いていたと……」

（やはり、花房京子だった……。この女性刑事が、所轄に入れ知恵したのだ……。）

倉田は、京子を睨みつけた。

だが、いつものように自制心が働き、怒鳴りつけはしなかった。刑務官になってから、自制心を失ったことは一度もない。怒りに任せて人を罵倒したことなどないし、そのことを倉田は密かに誇りに思っていた。

「花房さん、これは刑務所内で起こった事件です。前にも申し上げたが、余計な口出しはしないでください。よろしいですね」

いつものように静かに告げ、顔を坂上和人に戻したときだった――。

倉田は息を呑み、そして、怯《ひる》んだ。

坂上和人が、突き刺すほどに真っ直ぐな視線を倉田に注いでいた。

それは刑務官として、職務に忠実に務め上げていくことを目指している若者の目だった。

布留川や倉田を手本とし、いつの日にか立派なヴェテラン刑務官となり、刑務所を守り通していこうと思っている若者の目なのだ。

その目が今、無言で問いかけていた……。胸の中に生じた疑惑を、自分ひとりでは処理しきれず、答えを見つけられないまま、無言で倉田にぶつけていた。

若者の唇が動き、かすれた問いかけが発せられた。

「所長……、なぜ面会棟の裏の潜在足跡を調べてはならないのですか……？」

「――」

「あの場所に残る潜在足跡を調べれば、名越古彦を首吊りに見せかけて殺害した犯人の手がかりになるはずです。それなのに、なぜ調べることをとめるのですか……。もしかして、所長は犯人を御存じなのでは……。そして、犯人を庇っているのですか……？」

「ただの憶測で、迂闊《うかつ》なことを言わないでくれ……」

「本当にただの憶測に過ぎないのですか？　花房京子刑事は、この事件はこの刑務所内部の誰かの犯行だと思っています。所長は犯人が誰だか知っていて、その刑務官を庇うため、面会棟の裏手の通路を調べさせまいとしているのではありませんか……。そこの潜在足跡を調べれば、刑務官の誰かの靴跡が出てしまう。それを恐れているのではないのですか？」

「坂上、所長に対して失礼だぞ」

布留川が厳しく坂上和人を叱責する様を、倉田は黙って見ていた。目の前で起こっている出来事なのに、どこか遠くの、自分とは関係のない場所で起こっていることのような気がした。

周囲と自分との間に薄く膜が張っているみたいで、妙に現実感に乏しかった。自分だけが、どこか違った場所から、この状況を眺めているような気がする……。

「それは違います、坂上さん」

花房京子が断言した。

「倉田さんは、面会棟の裏手の通路を調べさせまいとしているわけではありません。旧講堂と旧収容棟の間の通路全体に残る潜在足跡を調べさせたかったんです。そこでオープンデイの日に東周連合の須黒龍一と刑務官の誰かがこっそりと会い、須黒がその刑務官にドラッグを渡すのを、倉田さんはその目で目撃されたからです。そうですね、倉田さん」

「――」

花房京子の存在が薄い膜を突き破り、突然、目の前に迫って来て、倉田は呼吸を忘れた。

口にする答えが見つからなかった。何かを言えば、それが嘘であることが立ちどころに相手に伝わってしまうことが実感された。

「それは、いったいどういうことです……？　所長はいつ、目撃したんです……？」

「オープンデイの日、名越古彦があの中庭で殺害される少し前のことです。倉田さんは、あの日、面会棟の裏手から旧講堂の中を通って旧収容棟と講堂の間の通路へ抜けようとして、そこに須黒龍一と刑務官の誰かがいるのを目撃したんです」

「京子さん、あなたは、いったい何を……？」

坂上和人が驚愕《きょうがく》に目を剝き、花房京子と倉田の顔を見比べた。ふたりの顔に視線を往復させるうちに、驚愕が戸惑いに変わり、そこにじわじわと悲しみの色が混じって来た。

「そんな馬鹿な……。それじゃあ、所長が、名越古彦を……。そんなはずはありません！　所長、なんとか言ってください。所長――」

布留川が、茫然とこっちを見ていた。

倉田は布留川から若い刑務官へと視線を移して、見つめ返した。

曇りのない目をした青年だった。刑務官という仕事の理想を信じ、受刑者たちが社会に戻るまでの間の橋渡し役を務めることに使命感を抱いている男だった。

（そうか、もう終わりにしなければならない……。）

そんな思いが、突然、倉田の胸に涌いた。

しかし、本当は遅かれ早かれそんな気持ちになることは、もっとずっと前からわかっていたような気もした。

（この若い刑務官のために、私は自分の手で幕を引かなければならないのだ。）

今度は胸に刻み込むようにして、そう思った。

「倉田さん、何もかもありのままに話していただけますね」

部屋を覆う静寂の中で、やがて京子が静かに訊いた。

倉田は、窓辺へと歩み寄った。

いつも外の景色を見下ろして来たのと同じ場所に立ち、いつものように見下ろした。決断を下すのに、時間はかからなかった。

「花房さん、ふたりでお話がしたい。申し訳ないが、他の人は席を外して貰えるだろうか」

倉田は振り返り、静かに告げた。

10

散ってゆく桜の花びらを見つめるうちに、この刑務所に赴任した日のことが思い出された。他のどの刑務所に赴任したときと同様に、妻とふたりでやって来たのだ。あの日、倉田は幹部用の官舎に落ち着き、簡単に荷物を解いたら、あとをいったん妻に任せてすぐにこの所長室へと上がって来た。自分の到着を待つ部下たちに、少しでも早くきちんと挨拶をしたかった。

（妻がもう亡くなっていてよかった……。）

倉田の胸に、そんな思いがふっと込み上げた。殺人者となった夫の姿を知らずに済んだのだ……。

「お訊きしてもいいですか」

黙って窓辺に並んで立つ花房京子に、倉田は静かに訊いた。

「なぜ私を疑ったんでしょう？」

「私じゃありません。綿貫です」

「綿貫さんが……？」

「はい。倉田さんは頭痛がすると言って天童小百合の屋外コンサートを途中で抜け出し、所長室でしばらく休んでいたそうですね。綿貫が、コンサート会場へ戻って来る倉田さんとばったり出くわしたと聞きました」

「ええ、戻る途中で会いましたが、それが何か……？」

「あの屋外コンサートで、天童小百合が《青葉城哀歌》を初めて生ギター一本で歌ったんです。何かのトラブルで演奏の音源が使えなくなり、急遽、予定を変更して行なったのですが、怪我の功名というか、素晴らしい演奏だったそうです。そのことを、倉田さんは御存じでしたか？」

倉田は、ふと思い出した。緑地広場で天童小百合の歌を聴いていた綿貫が、倉田に気づいて話しかけて来たのだが、あのとき、なぜだか綿貫は怪訝そうにしたのだ。

「そうでしたか……。綿貫さんは、それで疑問を持たれたんですね」

「はい。倉田さんのような律儀な性格の方が、たとえ頭痛でいったん自室で休むことにしたとはいえ、天童さんの歌を聴いていないとは思えないと言っていました。この部屋にはモニターがありますし、モニターをオンにしなくても、ここならば、マイクを通して話す天童さんの声や歌声が、風に乗って聞こえたはずです。それにもかかわらず天童小百合が初めて《青葉城哀歌》を生ギター一本で歌ったことを知らなかったのだとしたら、それはどこかここではない別の場所にいて、そして、たとえ舞台での話や歌が微かに聞こえて来たとしても、そんなことには注意を払う余地などないような状況にあったのではないかと想像したそうです」

「そうですか……。やはり、あの人でしたか……。あのオープンデイの日、綿貫さんと偶然再会し、何やら嫌な予感がしたんです……。しかし、それでよかったのだと思います……。もしかして、あなたをひとりでこの刑務所に通わせつづけたのも、あの人ですか？」

花房京子が、苦笑した。

「人使いの荒い上司なんです。でも、自分が何度も足を運べば、倉田さんに疑念を抱かせ、警戒させてしまうだろうと恐れたんです」

沈黙が落ち、やがて花房京子が、遠慮がちに言った。

「いくつかお訊きしたいことがあるのですが、よろしいでしょうか――？」

「どうぞ……。ただ、申し訳ないですが、ここからの景色を眺めているままでよろしいですか？」

「どうぞ。もちろん構いません」

花房京子は、倉田が日々眺めて来た景色を自分も目に焼きつけるように見渡した。

「寝屋秀典の死刑前日と当日の話を聞かせていただけますか？」

「そうですか……、そのことも調べておいでてでしたか――」

「はい。配膳係だった名越古彦が、死刑執行前夜の配膳のとき、寝屋秀典に何かささやいたのではありませんか。寝屋は、その結果として高熱を出し、一晩苦しみつづけました。これで間違いありませんか？」

「間違いはないですが、若干、正確ではありません。高熱を出しただけではないんです。寝屋は、一晩、それこそ地獄の苦しみを味わいました。そのことを、私は、死刑執行直前にあの男から聞きました」

「教誨師の先生の仲立ちにより、寝屋とふたりきりで話されたんですね」

「そうです。そのとき、やつは前夜の出来事を、それこそ血を吐くようにして私に語って聞かせました。名越は、寝屋の耳元で、六番目の被害者を殺害して捨てた本ボシは俺だ、とささやいたんです。そして、おまえは、俺の罪まで背負って死刑になるのだと……」

「やはり、そうでしたか……。なぜ寝屋はそれを信じたのでしょう？」

「〝秘密の暴露〟がありました。名越は寝屋に、ラプンツェルのクラシックドールの件を告げたそうです」

「グリム童話のお姫様ですか――」

「はい。ディズニーのアニメ映画にもなったそうですね。六人目の被害者となった女の子は、このラプンツェルが好きで、クラシックドールを持って遊んでいました。しかし、遺体発見後も、この人形はどこからも見つかりませんでした。事件を担当した所轄は、犯人が持ち去ったものと判断しました。そして、寝屋秀典の逮捕後、やつの身辺にこの人形がないか探し回りました。犯行を証明する決め手になります。だが、結局、見つかりませんでした。寝屋によると、取調べに当たった刑事は最初のうちは、この人形について自分から詳細を述べることはなかったそうです。

犯人だけが知る〝秘密の暴露〟に当たるからです。女の子を殺して奪った人形があるだろ。その在りかを言え、どこに捨てたのかを言え、としつこく何度も訊かれたそうです。しかし、寝屋秀典は六人目の被害者については自分の犯行ではないと、一貫して主張しつづけていました。そんな質問に答えられるわけがありません」

「ですが、最後には、この犯行も含めてすべて自分がやったものと自白していますね」

「はい。厳しい取調べの結果、精も根も尽き果てたのでしょう。すべてを認めたあと、取調べの刑事から教えられたそうです。六人目の被害者の女の子が持っていたのは、ラプンツェルのクラシックドールだったと。その人形のことを、配膳係である名越古彦が知っていたんです。最後の晩に、やつは寝屋秀典の耳元でこんなことを言ったそうです。ラプンツェルの人形、あれは可愛かった。俺はあの人形を愛《め》でながら、持ち主の幼子のことを想像して、何度も達したと……。そして、そうつぶやいたあと、寝屋の前でニヤッと笑ったそうです」

「しかし、名越が刑務所で過ごす間に、受刑者の誰かから聞いた可能性はないのでしょうか……？それこそ、寝屋秀典がラプンツェルのクラシックドールの話を誰かに漏らし、それが巡り巡って名越の耳に入ったとも考えられるのでは？」

「いいえ、それはありません。寝屋は、取調べ中に刑事から聞かされたラプンツェルのクラシックドールの話は、金輪際、誰にもしていなかったんです。誰も取り合ってはくれなかったが、あの犯行は自分ではないと証明するためには、真犯人しか知り得ない情報をずっと秘密にしておくべきだと思ったと言っていました」

「なるほど、そうですか——」

「しかし、仰りたいことはわかります。もちろん、それだけでは、名越が真犯人だと断定することはできません。私はその後、自分で調べました。寝屋に打ち明けられてから、休みのたびに自分の手で調査したんです。事件が起こった当時の名越古彦の行動を調べ上げ、そのために所轄の警察署にも足を運びました。そして、名越が事件の当日、美咲ちゃんの行方が知れなくなった場所のすぐ近くにいたことを突きとめました。やつが成年後見制度を悪用し、知的障害者や判断能力の衰えた老人たちのお金を着服していたことは御存じですね？」

「ええ、記録を読みました」

「その被害者のひとりが暮らす老人ホームがすぐ近くにあり、そのホームの訪問記録から、名越がその日、被害者の美咲ちゃんが姿を消すほんの少し前にそこから引き揚げていることがわかったんです」

「なるほど——。そして、出くわし、連れ去った」

「そうです。やつの犯行であることを確かめるため、私は最後に鎌をかけました。美咲ちゃんを殺害した真犯人としておまえに目をつけているジャーナリストから取材を受けたが、既に死刑が執行された事件について騒ぎ立てられたくない。だが、相手は寝屋秀典の死刑の前日に、おまえが寝屋に何か耳打ちしたことまで知っている。ついては、口裏を合わせたいのでこっそりと会いたいと言って、オープンデイの日にあそこに呼び出したんです。相手を信じさせるのには、自分を相手と同じ卑しい人間だと見せるのが一番だと思いました。あの日、私が指定した面会棟の裏へやって来たことが、あの男が真犯人である何よりの証拠です」

「そういうことでしたか……」

「旧講堂の中を横切り、旧収容棟との間の通路に出ようとしたとき、東周連合の須黒龍一がドラッグの受け渡しを行なっているところに出くわしたのも、あなたの御指摘通りです。須黒がドラッグを渡していた相手は、看守長の工藤悦矢という男でした。風呂の釜焚き場の陰の辺りです。所轄の鑑識課が潜在足跡を採取すれば、ふたりの靴跡が確認できるはずです。あろうことか、その工藤が、ドラッグの過剰摂取による中毒事件が起こったエリアの統括責任者として、村井拓弥の尋問に当たっています」

「ドラッグを持ち込んだ本人が、取調べをしているんですか……」

「はい。あんなことは、即刻やめさせなければなりません。花房さんから、布留川に伝えて貰えませんか」

「承知しました」

「それにしても、なんという運命の皮肉でしょうか……。私は、もちろんのこと、寝屋のような人間を許せません。あの男は自分の邪な欲望を抑えきれず、六人もの少女を手にかけて殺害しました。しかし、死刑になる人間が、自分が犯したとして罰せられる事件の真犯人が配膳係としてすぐ間近にいた事実を、しかも、死刑の前日に知らされるとは……。死刑直前に会って話したあの男の顔は、苦悩にやつれ果てていました。目が真っ赤に充血し、頬がげっそりとこけていました。寝屋は夜の間に何度も刑務官を呼んで、真犯人がここにいる、六人目の被害者を殺して捨てた真犯人は、この刑務所で今、配膳係をしているあの男だと訴えかけたい衝動に駆られたそうです。しかし、死刑の前日にそんな現実離れした訴えをしたところで、取り上げて貰えるわけがないと思い直しました。煩悶《はんもん》し、高熱を出し、胃に穴が開くような激痛に襲われたりもし、ほとんど一睡もできずに死刑執行日の朝を迎えたそうです……」

「綿貫が、寝屋の告白を直接聞いたことが、倉田さんの背中を押してしまったにちがいないと言っていました。跳躍台になってしまったのではないかと……」

「跳躍台、ですか……。その意味では、跳躍台はもうひとつありました」

「もうひとつ、とは……?」

「事件を調べる中で、美咲ちゃんの御両親にもお会いしたんです。ふたりの中では、娘さんを失った悲しみは少しも癒えていませんでした……。それに、あろうことか、娘を殺害したのは本当に寝屋秀典だったのかと、心の片隅にそんな疑問を抱えてもいました。取調べの過程で寝屋にはアリバイがあることがはっきりし、その後、不可解な自白の変更があったことを、ふたりは寝屋の弁護士から聞いて知っていたんです……。それが、ふたつ目の跳躍台になりました……」

「そうでしたか……。それにしても、誤りを正すのに、何か他の手段はなかったのでしょうか……。名越古彦を、真犯人として告発する方法は……? できれば、倉田さんには、そういった方法を探して欲しかったです……」

倉田は、そう述べる花房京子の顔を黙って見つめ返した。

倉田が何か応える前に、彼女は倉田の様子から察したらしかった。

「そうか……。探されたんですね……」

「はい……、上層部に報告しました。しかし、取り合っては貰えませんでした……。この国は、誤謬を嫌います。法務大臣が判を押し、八件の幼女暴行殺人の犯人として死刑になった男の冤罪を、誰も明るみに出したくはなかったんです。しかも、模範囚として同じ刑務所に服役し、その死刑囚の配膳係をやっていた男が真犯人かもしれないなど……、上層部にとっては、決して認めてはならない出来事でした……。どうやら、警察の上層部とも相談をしたようです……」

「――」

「しかし、決断したのは私です。私には、どうしてもあの男が許せなかった……。それだけのことです……。ああいう男が刑期を終えて社会に戻り、再び誰か幼い子供を手にかけるかもしれないと思うと、どうしてもそれを阻止せねばならないと思いました……。私はね、花房さん、名越古彦の首にロープをかけ、気を失っているあの男の命を奪った瞬間、初めて死刑に立ち会ったときの空の青さを思い出しました。そして、自分がこの手で、許すべからざる犯罪者を裁いたのだと思ったんです。だが、それは間違いでした。私は罪を犯しました。私がやったことは、ただの殺人です。ひとりの人間を、首吊り自殺に見せかけて殺してしまった……。花房さん、私はあなたに大切なものを思い出させて貰った気がしています。完全にアウエイな環境の中で、決してめげずに真実を追い求めようとするあなたの姿が、私にあたりまえの大切なことを思い出させてくれました。これから、私は自分が犯した罪を、時間をかけて償います。さあ、そろそろ、連れて行っていただけますか――」

倉田は花房京子のほうに向き直り、両手を差し出した。

だが、彼女は、それをそっと押し下げた。

「手錠は必要ありません。綿貫が、下でお待ちしてます――」

「そうですか……。あの人が――。合わせる顔がありませんね……。刑務所内で起こった犯罪は、特別司法警察官である刑務官が捜査できる。そのトップである私が捜査責任者です。きっと、なんという狭いことをするのかと思われたことでしょう。今後、坂上君たちからも、私は一生そう思われていくことになるでしょう」

「いいえ、それは違います」

花房京子は首を振り、まるで我がことのように強く否定した。

「倉田さん、それは違うと思います。私も、確かにそう思ったことがありました。しかし、あなたと会って話すうちに、本当の答えがわかりました」

「本当の答え――?」

「はい。私には、最初から、どうしてもわからなかったことがあるんです。それは、もしも名越古彦が自殺ではなく殺害されたのだとしたら、なぜ犯人はわざわざ刑務所の敷地内を選んだのかということでした。確かに刑務官には刑務所内で起こった事件に対する捜査権があり、そのトップはあなたです。しかし、たとえそうであっても、刑務所内で名越を殺害して隠蔽するより、人知れず殺害し、死体をどこかに隠してしまったほうが、犯罪が発覚する可能性はずっと低いはずです。そして、多くの受刑者たちを相手にし、彼らがやった犯罪について知識がある所長のあなたならば、それを知らないはずはないと思いました。それにもかかわらず、オープンデイの日を狙って犯罪計画を立て、わざわざ名越古彦を刑務所に呼び寄せた上で殺害したのは、なぜなのか……。それが最初からずっと心の片隅に引っかかっていたんです。ですが、倉田さんと接して、お人柄を理解するうちに、その答えがわかりました。倉田さんは昔、綿貫に向かって、刑務所とは、罪を犯した人間と社会を結ぶための神聖な場所だと話したことがあるそうですね。絶対的な聖域だと」

「そんなことを言ったかな……。もう、昔の話です……」

「しかし、今でもそう思っておいでですね。それは、倉田さんの人となりを拝見してわかりました」

「――」

「名越古彦を人知れず殺害し、遺体をどこかに隠すといった手段を取らず、刑務所内で犯行に及んだのは、決して保身のためなどではなかったはずです。そこがあなたにとって、絶対的に神聖な場所だからだと思いました。汚してはならない神聖な場所だからこそ、あえてここで名越古彦に手を下したのだと。それは、保身などではありません。むしろ、やむに已まれぬ切羽詰まった気持ちの表れのはずです。犯罪者と社会を繫ぐ刑務所を、神聖な場所として大切に思えば思うほど、犯した罪を償おうともせずに社会に戻った名越古彦のことが許せなかった。どうしても、自分の手で決着をつける必要を感じた。そういった犯人像に最もよく当てはまるのが、倉田さん、あなたでした」

「ありがとう……」

倉田は何と言うべきか考えた末に、小さな声でつぶやくように言った。

花房京子は、悲しそうな顔をした。それは、彼女がこの数日の間で初めて見せる表情だった。

「実は、ひとつ謝らなければならないことがあるんです。さっき、東周連合の組員だとして連れて来た矢部宏は、本当は私の後輩です。倉田さんならば、良心に訴えかけて少し背中を押せば、御自分の罪を認めてくださるように思いました。それで、矢部に頼んで、一芝居打ったんです」

「じゃあ、あの人は刑事さんですか……。しかし、オープンデイの日の防犯カメラの映像は

「――？」

「あの日、一緒に見て回るつもりでここにやって来たのですが、ちょっとした事件に巻き込まれて、すぐに呼び戻されたんです。それで、倉田さんと面識がなかったので、頼んでヤクザ者の役をやって貰いました」

「そうでしたか……」

倉田は、思わず苦笑した。

「道理で、根っからの悪人には見えなかったわけです……」

「ありがとうございます。本人が聞けば、喜ぶはずです」

「参りましょう。連れて行ってください」

倉田は花房京子を促した。

歩き出す前に、最後にもう一度窓へと顔を向けた。風に吹かれて来た桜の花びらが一枚、視界を横切り、どこへともなく流れ去って消えた。

本作品は書下ろしです。

香納諒一（かのう・りょういち）

1963年神奈川県生まれ。'91年、「ハミングで二番まで」で第13回小説推理新人賞を受賞しデビュー。'99年、『幻の女』で第52回日本推理作家協会賞を受賞。他の著書に『完全犯罪の死角』『逆転のアリバイ』に本作を含む「刑事花房京子」シリーズ、「新宿花園裏交番」シリーズ、「K・S・P」シリーズ、「さすらいのキャンパー探偵」シリーズ、『記念日anniversary』『名もなき少女に墓碑銘を』『川崎警察 下流域』などがある。

絶対聖域《ぜつたいせいいき》　刑事《けいじ》花房《はなぶさ》 京子《きようこ》

2023年7月30日　初版1刷発行

著　者　香納《かのう》 諒一《りよういち》

発行者　三宅貴久

発行所　株式会社 光文社

〒112-8011　東京都文京区音羽1-16-6

電話　編　集　部　03-5395-8254

書籍販売部　03-5395-8116

業　務　部　03-5395-8125

URL　光　文　社　https://www.kobunsha.com/

組　版　萩原印刷

印刷所　堀内印刷

製本所　国宝社

落丁・乱丁本は業務部へご連絡くだされば、お取り替えいたします。

ISBN978-4-334-91539-1

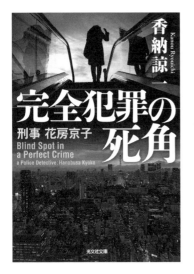

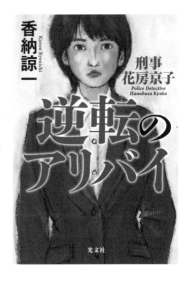